하필 낭만을 선택한 우리에게

KB193304

———— 지방에서 청년은

하필
낭만을
선택한
우리에게

사
라
질
까,

살
아
질
까

류주연 ————————

점점 간결한 것이 아름다워 보이기 시작했다. 보태기보다는 덜어 내고 싶기도 했다. 말이든, 행동이든, 관계든, 물건이든 모든 면에서. 성장한다는 것은 간단해지고 가벼워지는 것, 그래서 내 삶이 어디에 위치하든 폐를 끼치지 않게 되는 것이라고도 생각했다. 그래서 '중요한 것'은 갈수록 선명해질 것이라고 확신했다. 곁가지를 쳐내게 되고 욕심을 분간할 수 있게 되었으니 내 삶에 있어 진짜로 중요한 것은 선명해지게 될 것이라고. 그러다 보면 나는 효율적으로 집중하면서 살아갈 수 있으리라. 그런데 아니었다. 시간이 갈수록 '중요한 것'의 경계가 흐릿해졌다. 그 수도 많아졌다. 예상치 못한 곳에서 튀어나왔고 아주 멀게 느껴졌던 곳에서 빠른 속도로 달려오기도 했다. 한동안 애쓰다 그냥 받아들였다. 살아가는 덴 중요한 게 너무나도 많다. 그래서 도무지 침착할 수가 없다. 이

책은 지난 3년 동안 나를 치열하게 깨워 댔던 그 '중요한 것'들에 대한 기록이다. 침착할 수 없어서 글로 써 내려가며 심호흡하고 정리하고 다짐했던 기록이다.

3년 전, 고향인 경남 고성으로 돌아왔을 때 내게 있어 중요한 것은 오직 가족이었다. 엄마의 투병을 가까이서 함께하기 위해 돌아왔고, 떠나 있었던 시간과 비례해 메워야 할 골이 숙제처럼 패여 있었다. 그 숙제를 어느 정도 해내는 데 1년이라는 시간이 걸렸다. 그런데 그 일을 완수하는 와중에 불쑥 모습을 드러낸 또 다른 막중한 명제가 있었다. '나의 고향이 소멸한다.' 이 명제는 0으로 수렴하는 모교의 학생 수를 목격하는 순간 내 머릿속으로 달려들었다. 사고라도 당한 것처럼 순식간이었다. 그것은 내 안에 아주 중요한 일로 자리 잡았다. 나는 심각한 얼굴을 하곤 고민하기 시작했다. 피할 수 없어 보이는 소멸 앞에서 내가 할 수 있는 일이 있을까, 혹은 해야만 하는 일이 있을까.

일단은 궁금하기부터 했다. 언제부터 소멸이 시작되었으며 지금의 현 상황은 어떤지, 이대로 가다간 나의 고향은 어떻게 될 것이며 소멸을 막을 방법은 있는지. 도서관에서 책을 빌려 읽었고 관심 없었던 신문 기사를 찾아 읽었다. 머릿속이 온통 과거를 헤집고 다녔다. 내가 머물렀던 20년 전엔 어땠었지? 10년 전에는? 그렇게 내 삶을 온통 잠식해 버린 소멸이 나 스스로도 지겨워질 때쯤 과거를 지나 미래를 짐작해 보다가 현실에 도착했다. 어쩌면 내가 할 수 있는 일이 있을 것 같았다.

소멸을 극복하는 데 청년 인구가 동아줄이라는데 운이 좋게도 내가 바로 그 청년이었다. 누가 알려 주지 않아도 저절로 알 수 있었다. 청년들이 지방을 떠나는 이유가 무엇인지, 청년들에게 진짜로 필요한 게 무엇인지. 그건 각각 열 손가락을 꼽아도 모자랄 만큼 많았지만, 그중에서 내가 할 수 있는 일은 하나뿐이었다. 일자리를 위해 기업체를 유치해 달라고 피켓이라도 들면 좋겠지만 그런다고 되는 일이 아니었다. 내 집 마련을 꿈꾸면 지방으로 오라고 소리치고 싶었지만 그것 역시 자신 없었다. 나는 살러 왔다가 성원의 기쁨을 느끼지 못하고 유령인 채로 떠나는 청년들을 붙잡고 싶었다. 청년 문화가 존재하지 않는 이곳이 감옥같다고 말하는 청년의 감상을 바꾸고 싶었다. 당신들을 환대하고 함께 즐겁고자 노력하는 또래가 있다고 말해 주고 싶었다. 인구 5만 명을 넘어가지 않는 작은 시골에서 청년 커뮤니티를 만들어야겠다는 생각은 그런 바람으로 시작했다.

그렇게 3년 동안 청년들과 지냈다. 원석 같은 그들과 지내다 보면 뜻밖의 반짝임을 발견하는 경탄의 순간이 많았다. 나도 청년의 한 사람으로서 진지하게 누렸다. 우리가 함께 만든 즐거운 현장과 낭만적인 분위기를. 그러다 보면 나도 모르는 사이 소멸 따윈 잊어버리기도 했다. 그저 웃고 행복하니 이걸로 됐다는 마음이 가득해질 때가 많았다. 중요한 게 또 늘어버린 것이다. 과거보다는 지금이, 소멸할 것이라는 예감보다는 마음껏 웃고 떠드는 행복이 중요해졌다. 그리고 그럴 때 강하게 깨닫기도 했다. 많은 이들이 대한민국 어느 지방의 소멸에 관심이 없는 것은 당연한 일이구나. 그들에게 있어 아무 상관없는 곳의 소멸보다는 각자의 삶에 중요한 것이 아주 많기 때문이겠구나. 지방에 사는 청년 당사자인 나 역시도 가끔은 머리를 크게 흔들며 정신을 차려야만 겨우 절감하니까. 그래서 더욱 인식하고 있는 사람이 목소리를 높여야 한다고 생각했다. 모르고 있을 사람들에게 알리고 공감을 끌어내야 한다고. 그러다 한 줌의 위기의식이라도 공유할 수 있으면 더할 나위 없을 것이다. 우리의 고향이 소멸한다는 것, 그것은 개인의 서사와 공동체의 역사가 소멸한다는 것. 그래서 나는 목소리를 높일 수단으로 기록을 선택했다.

이 책을 쓰기 시작한 지 2년이라는 시간이 훌쩍 넘었다. 청년 커뮤니티를 막 만들었을 때부터 지금까지 흐른 시간과 같다. 그동안 고향의 소멸을 막기 위해 힘쓰는 많은 사람들과 마주했다. 몸으로 부딪치며 분투하는 그들에 비하면 나는 아주 작은 시도를 했을 뿐이고 낭만을 좇고 행복하기 위해 노력했을 뿐이다. 하지만 그들은 누구 하나 빠짐없이 이 시도의 가치를 공감해 주었고 응원해 주었다. 이 몇 문장을 빌려 그들에게 감사를 전하기엔 한없이 부족하지만 그래도 말하고 싶다. 소멸 앞에서 각자의 방식으로 우뚝 섰던 당신들이 있었기에 정말로 고맙고 든든했다고. 그리고 무엇보다 이 책의 시작이자 끝, 존재의 이유인 청년낭만살롱의 청년들에게도 감사와 사랑을 전한다. 그리고 미안한 마음도. 우리가 함께한 빛나는 시간을 담기엔 이 책이 얼마나 멋지게 나오든 모자랄 것이기 때문에. 서로 환영하고, 유령이 아니게 해 주었으며, 자주 웃고 가끔 울면서 서로를 알아 갔던 순간들. 이 책을 하필 낭만을 선택한 우리에게 바친다.

차례

3장

하필 낭만을 선택한 우리에게

1장

새삼스러운 것들에 대하여

소멸의 처음

나는 초등학교를 두 군데 다녔다. 종종 그것을 사소한 일인 양 잊고 살지만 분명히 그랬다. 한 곳은 집에서 멀지 않은 곳에 위치한 삼오초등학교였고, 다른 한 곳은 노란색 스쿨버스를 타고 반대 방향으로 가야 도착할 수 있는 삼산초등학교였다. 먼저 다녔던 삼오초등학교를 마지막으로 등교했던 때 내 나이는 겨우 초등학교 1학년이었다. 그런데도 그 학교의 전경, 작고 낮았던 건물의 모습은 마치 동화책의 삽화처럼 연한 색깔로나마 떠올릴 수 있다. 삼오초등학교에서의 몇 안 되는 사건들, 교감 선생님의 면전에서 엉엉 울어 대며 무섭다고 소리쳤던 기억 때문일까? 아니면 한 남자애가 커다란 매트리스 밑에 깔린 나를 발견하지 못하고 방방 뛰어 댔던 탓에 죽을 고비를 넘겼던 기억 때문일까? 몇 가지를 꼽아 볼 수 있겠지만 역시 그 전경의 각인은 지금부터 말할 세 번째 기억 때문인 것 같다.

　나의 아빠는 낡은 트럭을 오랫동안 몰았다. 하얀색 바탕에 하늘색 줄무늬가 대각선으로 가로지른 봉고 트럭이었다. 어린 눈으로 봤을 때의 생김새가 구름같이 앙증맞은 것이 연상되기도 했다. 그 트럭을 타고 가족이 함께 읍내 나들이를 갈 때면 앞 좌석 뒤에 좁게 붙은 짐칸에 언니와 내가 몸을 구기고 앉았다. 우리 자매는 몸집이 커갈수록 둘 중에 누가 짐칸 대신 넓은 좌석에 앉을 것인가에 대해 투닥거렸다. 하지만 대개는 정해진 순번이라도 있는 양 잠자코 번갈아 가며 앉았다. 아빠의 불호령이 무서웠던 탓이다. 아빠는 딸들이 양보할 줄 아는 심성을 가지길 바랐고 가끔 우리를 아주 엄하게 혼냈다.

　그날도 나는 그 트럭을 타고 삼오초등학교로 향했다. 운동회였던가 소풍이었던가, 평소랑 다른 이벤트로 잔뜩 신이 난 상태였다. 평소와 또 다른 것이 있다면 그날 트럭엔 다른 남자애가 함께 타고 있었다는 점이다. 친구와 함께 등교하는 것은 누군가에겐 아무렇지 않은 일일지 몰라도 내겐 특이한 일이었다. 고성군 삼산면에서도 조금 외진 곳, 대나무 숲을 배경 삼아 조용히 버섯 농사를 지으며 살던 우리 식구는 교류하는 이웃이 많지 않았다. 그 남자애는 그런 우리 집을 드나들던 몇 안 되는 아이 중에 하나였다. 그마저도 아주 가끔이었지만 희소성과 강렬함은 비례하는 법이다. 게다가 나는 친구가 집에 놀러 온다고 하면 반가워하기보다 어리둥절해하는 아이였다. 우리 집엔 재밌는 게 없고 나도 재미있게 놀 줄을 모르는 어린이니 놀러 올 이유가 하나도 없었기 때문이다. 그럼에도 우리 집에 놀러 온다면 꽤 할 일 없는 녀석이거나 재미 따윈 상관없이 놀아 주는 착한 녀석이거나, 둘 중 하나일 것이었다. 그래서 그 애의 얼굴을 선명하게 기억할 필요가 있었다. 어쨌든 희귀하거나 착하거나 안쓰러운 아이니까. 눈이 크면서도 동그랗고 쌍꺼풀이 짙은 애였다. 얼굴엔 개구쟁이라는 글자를 대신하는 작은 생채기가 늘 새겨져 있었다.

구름을 닮은 트럭은 학교로 향하는 비포장도로를 달렸다. 그러는 동안 우리는 느슨하게 덜컹거렸다. 양쪽으로 넓은 논밭이 펼쳐져 있었고 그 사이를 따라가면 삼오초등학교가 모습을 드러냈다. 그 도로는 무척 좁아서 공공의 어떤 공간이라기보다 사적인 곳으로 들어가는 듯한 느낌이 들었다. 아담한 담장이 둘러싸고 있었고 중앙의 교문을 커다란 나무가 지키고 있었던 학교. 동화 속 삽화처럼 아련하게 남아 있노라 말했던 바로 그 전경이다. 다른 세상으로 들어가는 듯했던 교문과 그곳으로 뛰어 들어갈 때의 마음이 명치 쪽에서부터 역류하듯 진하게 되새겨진다. 그것이 멀미인지 멀미를 닮은 다른 어떤 감정인지 알아차릴 틈도 주지 않고 학교가 가까워졌다. 나는 좀처럼 신나는 법이 없는 아이였는데도 그날은 신이 났다. 아마 이제 갓 초등학생이 된 어린이로서는 일생일대의 이벤트가 예정되어 있었기 때문일 것이다. 운동회거나 소풍이거나, 어쨌든 평소와 다른 날일 것이 분명했다.

내 옆에 타고 있던 남자애도 비슷한 심정이었던 것 같다. 잔뜩 신났을 테고 잠시 후 펼쳐질 재밌는 일이 기대되어 도저히 엉덩이를 가만히 두기가 힘들었을 것이다. 그래서였을까, 그 애는 상상도 못 할 일을 저질러 버렸다. 저 멀리 친한 친구들이 보이자마자 깜짝 놀랄 만한 속도로 정면을 향해 와락 달려들었던 것이다. 순식간에 그 애의 박치기 공격을 받은 차 유리는 극적인 소리를 내며 거미줄 모양으로 쩍 갈라져 버렸다. 나는 그 모습에 무척 놀라 아무 말도 하지 못하고 아빠를 바라봤다. 아빠는 어떤 표정을 짓고 있었을까? 아빠의 얼굴 대신 분명하게 떠오르는 건 머리가 아프지도 않은지 머쓱하게 웃고만 있던 그 애의 얼굴뿐이다. 어쩌면 아빠는 허망하게 금이 가 버린 내구성 약한 유리를 탓해야 할지, 핏방울 하나 없이 멀쩡한 아이를 보고 안도해야 할지 헷갈리지 않았을까. 나는 속으로 중얼거렸다. 저런 돌대가리! 돌대가리는 그때의 내가 아는 가장 심한 욕이었으리라. 한편 그 애는 그렇게 커다란 사건이 일어났는데도 마음에 생채기 하나 나지 않은 표정이었다. 시선은 여전히 친구들에게서 꼼짝도 하지 않았다. 그런 걔의 표정과 시선에 어이가 없으면서도 한편으론 안도했다. 엄청난 일을 저지르긴 했지만 특별히 신나는 걔의 날을 빼앗고 싶진 않았다.

그 트럭이 당시 우리 가족의 생계에 차지했던 크기를 생각하면 그 남자애는 아주 크게 혼이 나야 마땅했다. 우리 아빠가 얼마나 엄한 사람인데, 그냥 넘어간다는 건 말이 되지 않았다. 하지만 아빠는 그 애를 혼내지 않고 가만히 내려 줬다. 트럭에서 내린 남자애는 본인이 저지른 일은 당연히 자신의 몫이 아니라는 것처럼 훌훌 날듯 친구들을 향해 뛰어갔다. 나는 조금 놀란 채, 자꾸만 금이 간 유리창과 아빠에게로 향하는 마음을 움켜쥔 채 엉성한 자세로 뛰어갔다. 그렇게 내가 다녔던 첫 번째 학교, 삼오초등학교는 좁은 길과 느슨하게 흔들리던 트럭, 차창에 박제된 거미줄, 그 모든 사건을 뒤로하고 내가 뛰어 들어갔던 운동장으로 남아 있다. 어쩌면 머리가 아주 단단했던 그 애에게 고마워해야 할지도 모르겠다. 걔가 아니었다면 삼오초등학교의 모습은 지금보다 더 희미하게 남았을지도 모르기 때문이다.

그리고 두 번째 학교에 갔던 첫 등교 날을 기억한다. 우리는 다 함께 버스를 타고 삼산초등학교로 갔다. 그래야만 했던 건 삼오초등학교가 폐교됐기 때문이다. 그땐 학교가 없어졌다거나 통합되었다거나 하는 어른들의 사정은 당연히 몰랐다. 다만 곤경에 처한 나의 사정은 명확했다. 원래 알던 친구들과도 어색해지기 일쑤인데 새로운 아이들을 한꺼번에 만나야 한다니, 눈앞이 캄캄했다. 나는 지금도 비슷한 상황에서 자주 검은 허공을 마주한다. 낯선 이들을 만나는 게 두렵고 알던 사람들을 대하는 것도 가끔은 버겁다. 사람 앞에서 주눅 들지 않는 방법을 여전히 배우지 못한 탓이다. 그러니 그때의 어린 주연이 얼마나 공포스러웠을지 지금의 일처럼 그려 볼 수 있다. 버스에서 내리는 어린애의 마음을 두려움과 어색함이 숨도 못 쉬게 짓눌렀을 것이다. 노란 버스의 높은 계단을 선생님의 손을 잡고 내려가는 한 발, 한 발이 무척이나 무거웠을 것이다. 그 두려움과 막막함은 이미 알던 친구들, 다정했던 선생님들의 존재가 아무런 도움이 되지 않을 만큼 막대했을 것이다. 그럼에도 모든 감정을 작은 어깨에 짊어지고 잔뜩 움츠러든 채로 앞으로 나아갔을 것이다. 그리고 며칠 지나지 않아 깨달았을 것이다. 걱정했던 것만큼 두렵고 무서운 건 그 어디에도 존재하지 않는다는 사실을.

삼산초등학교에서 함께 지내게 된 친구들은 그전보단 많

앉지만, 그래도 한 자리 수를 넘지 않았다. 바로 위 학년은 수가 많아 스무 명이 조금 안 됐던 것 같은데 우리 학년은 다해서 여덟 명 남짓이었다. 정확한 숫자를 말하지 못하는 것은 그 사이 전학 가거나 오거나, 잠깐 스쳐 간 아이들 얼굴이 몇명 기억나기 때문이다. 어쨌든 고정적으로 늘 함께했던 친구는 나 포함 여덟 명이었다. 우리는 삼산초등학교에서 5년을 보냈고, 그 정든 건물 바로 뒤에 위치하는 삼산중학교에도 함께 진학했다. 삼산초등학교와 작은 뒷문으로 이어져 급식소를 공유했던 학교. 운동장을 가로질러 바라보면 건물 뒤쪽으로 커다란 산세가 펼쳐졌던 학교. 이렇게 이름과 꼭 닮을 수가 있을까 생각했던 그런 학교였다. 그 학교의 정확한 이름은 고성중학교 삼산분교장이다.

분교보다 작은 것이 분교장이라고 했다. 그런 말을 어디선가 주워들었던 것 같다. 예산도 훨씬 작다나. 뒤에 알게 된 사실이지만 그건 틀린 말이었다. 분교장은 분교의 공식 명칭일 뿐, 다른 단계를 지칭하는 말이 아니었다. 이 사실을 지금은 알지만 그때는 몰랐다. 그 카더라는 말을 철석같이 믿고 '우리 학교는 작아서 돈도 제일 작게 받는구나.'라고 생각했다. 그렇게 늘 고성에서 제일 작은 학교에 다닌다고 자각했지만 그게 부끄럽거나 싫은 건 아니었다. 오히려 저렇게 커다란 산세 앞에 위풍당당하게 서 있는 작은 학교가 특별하게 느껴졌다. 그리고 그 학교에서 행해진 모든 일들이 그 느낌을 단순한 느낌으로 끝나지 않게끔 만들었다.

　삼산중학교의 선생님들은 학원에 다니지 못하거나 집에 가 봤자 돌봐 주는 이 없는 아이들의 사정을 속속들이 알고 계셨다. 그래서 우리는 매일 다 같이 방과 후 수업을 들었다. 방과 후 교사가 따로 없는 방과 후 수업이었다. 선생님들이 자진해서 돌아가며 늦은 시간까지 학교에 남으셨다. 하루는 영어 팝송을 따라 부르고, 하루는 복사된 신문 기사를 소리 내어 읽고, 그러다가 특별한 어느 하루는 선생님이 사 오신 삼겹살로 운동장 한 켠에서 파티를 했다. 한 명도 빠짐없이 기타를 배우고, 소나무가 내려다보는 벤치에서 굳은살 박힌 작은 손가락으로 음악을 연주했다. 자전거 탄 풍경의 〈너에게 난, 나에게 넌〉이 가장 즐겨 흥얼거린 노래였다. 노래를 잘 부르는 아이가 시원하게 고음을 뻗어 냈고 실력이 어떻든 다 같이 따라 불렀다. 초록색의 교복을 보고 읍내 학교 애들은 촌스럽다고 했지만 우리끼린 아무렇지 않았다. 심지어 자세히 보면 예쁘지 않냐고 키득거렸다. 배경이나 공기, 우리가 부르는 음악마저 전부 초록빛이어서 모든 게 더할 나위 없이 어울렸기 때문이다. 그 배경에서 숨을 쉬며 노래를 부르며 떠들어 대며 지냈던 우리들은 한순간도 사랑받지 않은 적이 없었다. 사랑한다고 말해 주는 이는 드물었지만 그냥 그렇게 온몸으로 느꼈다. 원래대로라면 무엇이든 모자랄 수밖에 없었을 우리들은 삼산중학교에서 결핍 없이 자라났다. 그러니 누가 이 학교를 작다고 말할 수 있을까. 특별하지 않다고 말할 수 있을까.

나는 그때부터 글을 썼고 앞으로도 글을 쓰며 살라고 말하는 선생님을 만났다. 졸업식 날 엉엉 우는 나에게 이것은 끝이 아니라 시작이라고 말해 주시는 선생님이었다. 내 인생의 방향은 온통 그곳에서 결정되었다. 아니, 결정되었다, 가 아니라 내가 '결정했다.' 그럴 수 있도록 그 학교와 선생님들과 둘러싼 나무와 내려앉는 석양이 도와주었다. 모자람 없이 세상을 보고 인생을 결심한 곳. 하지만 그곳은 그때부터 이미 폐교 위기 아래 있었다. 당시에는 어렴풋하게 알았고 지금은 완전하게 회상할 수 있는 일이다. 선생님들은 우리를 사랑하면서 동시에 학교를 살리기 위해 노력하셨다. 내가 글쓰기로 상을 타서 우리 학교의 이름이 기적처럼 언론에 등장했을 때 나는 그런 생각을 했다. 이제 우리 학교를 없애려는 사람들은 사라지지 않을까? 이 학교에서 자라고 있는 사람과 사랑을 알아주지 않을까?

하지만 그건 순진한 생각이었다. 대부분의 사람은 시골의 중학교에서 일어난 일에 잠깐 관심을 가졌을 뿐, 정작 진짜 중요한 기적들은 알려고 하지 않았다. 나는 삼산중학교에서 자라났기에 바람이나 나무, 시멘트 사이에 피어난 꽃 같은 것을 보며 감동할 수 있는 사람이 되었다. 마주한 사람의 얼굴을 똑바로 바라보며 생각하고, 회상하고, 순간을 소중히 여기려 애쓰고 고민하다 글감을 떠올리는 사람이 되었다. 그렇게 나에게 심겨진 씨앗은 '글'이었고 다른 아이들에겐 또 다른 씨앗이 심어지고 있었다. 중요한 것은 학생 수가 아니라 학교 뒤로 펼쳐졌던 커다란 초록빛 캔버스와 그 아래 선생님들이 나눠 주셨던 사랑, 함께 불렀던 팝송, 소나무 아래에서 열렸던 기타 연주회, 고소하고 눈물 나게 맛있었던 삼겹살 파티라는 것. 대부분의 사람들이 몰랐고 지금도 모르고 있지만 분명하게 만개한 진실들이다.

삼산중학교는 2016년 소가야중학교로 통폐합되었다. 고성군내 세 개의 중학교를 통합하여 만든 소가야중학교는 아주 멋진 건물로 지어졌다. 미국 하이틴 드라마에서 본 것 같은 기숙사 건물과 영상으로 담으면 뮤직비디오 한 편이 뚝딱 나올 예쁜 계단도 있다. 그곳을 구경하러 언니와 함께 간 적이 있다. 더없이 훌륭하게 지어진 최신식 건물 앞 운동장을 산책했다. 이 학교에 다니는 아이들은 정말 좋은 것을 누리며 배우겠구나, 편안하고 깨끗한 환경에서 꿈을 꾸겠구나 생각하며 발걸음을 돌렸다. 그리고 자꾸만 과거로 돌아가 씁쓸해지는 마음을 삼킨 채 이런 생각을 했다. 내 기억 속의 그 시골 학교는 이제 없구나. 이렇게 하나씩 소멸해 가는구나. 그렇다면 언제를 처음이라 할 수 있을까.

처음이라고 단언할 수 있는 때가 언제일까. 우리가 소멸하기 시작한 것의 처음, 소멸이라는 것이 내 삶에 침범한 것의 처음이 언제일까. 첫 초등학교가 사라졌을 때? 나의 꿈과 삶과 중요한 대부분의 것이 잔뜩 발원한 중학교가 폐교되었을 때? 찬찬히 되감아 보다 마침내 무서운 사실과 마주하는 것이다. 바로 지금이구나. 그 모든 것들이 사라졌고 사라지고 있다고 인식하고 안타까워하며 회상하게 된 바로 지금, 나의 소중한 것들은 소멸하기 시작했구나. 그리고 이 말은 또 이런 뜻을 가진다. 모르고 있는 이들에겐 아직 처음이 도래하지 않았다는 것. 인식하지 못하고, 고민하지 않고, 회상할 기억이 없는 이들에게는 소멸이 시작하지 않았다는 것. 그들은 마침내 남게 될 아주 기형적인 형태의 삶을 바라보며 그때서야 시작하게 될 것이 분명하다. 소멸의 늦어 버린 처음을.

나는 초등학교를 두 군데 다녔고, 어느 작지만 특별한 중학교를 다녔다. 그리고 그중 두 학교가 폐교되었다. 공간은 남아 있으나 과거의 이야기와 현재의 쓸모가 소멸했다. 나는 종종 그것을 아주 사소한 일인 양 잊고 살지만 분명히 그랬다.

나의 고향이 소멸한다

　내가 다시 고향에서 살게 된 것은 놀랍게도 8할이 자의였다. 애매한 2할을 남겨 둔 것은 도통 끊을 수 없었던 도시에 대한 미련의 몫이다. 대학 생활을 보낸, 그래서 그때 당시 나를 지탱했던 대부분의 인연이 있는 부산은 앞으로의 생을 그곳에서 보내겠노라 다짐했던 도시였다. 그런 부산에서 나의 고향인 고성까지는 버스로 두 시간 거리다. 마음먹으면 못 갈 것 없는 거리인 데다 여전히 나를 제외한 모든 가족이 고향에 살고 있음에도 그토록 발길이 떨어지지 않았더랬다. 먹고살기 바쁘다는, 사실에 기반했으나 너무 진부해서 종종 거짓으로 느껴질 수밖에 없는 핑계를 죄책감 없이 내뱉곤 했다. 결국엔 명절에마저도 대학교 앞 자취방에서 홀로 보내기도 했다. 그랬던 이유는 여러 가지가 있었겠지만 고향집에서는 숨을 제대로 쉴 수가 없었던 까닭이 가장 컸다. 일단 부산에서 버스에 타 출발하는 순간부터 그 숨막힘이 미리 떠올라 쉴 새 없이 멀미를 했고 도착하고서도 이미 내게 없는 막내딸로서의 자아를 온 정신을 집중해 찾아 대느라 숨이 가빴다. 젊음을 살아 내는 일이 너무 힘들어서 그랬다. 오랜만에 만난 가족들에게 기쁜 얼굴로 조잘거릴 대학생다운 추억이 하나도 없어서 그랬다. 각자의 사정과 만나지 않았던 시간이 가져온 도저히 메꿀 수 없는 공백을 그저 버티어 내다가 수면 위로 얼굴을 내밀 듯 부산으로 돌아갔다. 우리 가족은 서로 앞에서 주어진 역할을 연기해야 하는 사이, 상처 주긴 싫어서 본모습을 드러낼 수 없는 사이, 그걸 서로 잘 알면서도 모르는 척 또 연기를 해야 하는 사이가 된 지 오래였다. 그 사실이 무척 슬펐으나 되돌릴 수 있는 방법을 몰라 더 답답했다. 창호지가 다 떨어진 방문으로는 도저히 에어포켓을 만들 수 없는 그 숨막힘이 싫어서 나는 고향으로의 발길을 더욱 매몰차게 끊었다.

그렇게 영영 살아갈 줄로만 알았는데 엄마의 투병이 시작되었다. 내 안에서 가족이라는 존재는 지도 어딘가에 그려져 있다는 사실만 아는, 나랑 상관없는 섬 같은 것이었다. 하지만 그 섬은 생각보다 가까웠던 건지 엄마의 소식이 들려온 날 온갖 부정의 감정이 쓰나미처럼 몰려왔다. 그리곤 내가 발 딛고 있는 땅 위를 몽땅 쓸어 갔다. 용케 쓸려 가지 않고 남겨진 몸뚱아리는 쓰나미의 원인을 찾느라 여러 갈래로 헤집어졌다. 지난날들이 모조리 후회되어 일상이 버거워질 지경이었고 아무렇지 않게 밥을 먹거나 출근을 하는 소소한 행동 하나하나가 죄책감을 묻힌 화살이 되어 나 자신에게 날아와 박혔다. 그런 하루하루를 지내고 있었으므로 고성에 내려와서 가족들과 지내야 하지 않겠냐는 아빠의 말에 금방 고개가 끄덕여졌다. 얼마나 남았을지 모를 가족과의 시간을 위해 나는 딱 2할만큼만 미련을 남겨 둔 채 부산을 떠났다.

다행히 경상남도 안에서 지역을 옮길 수 있는 직장인 데다 타이밍까지 잘 맞았던지라 생업에 지장 없이 고성으로 옮겨 올 수 있었다. 고향 집은 고성에서도 면 지역으로, 터미널이 있는 읍내에서 30분 정도 차를 몰아 들어가야 했다. 버스가 하루에 네 대밖에 다니지 않을 정도로 대중교통이 열악해서 자차가 없다면 움직이기 힘들었다. 데리러 나온 아빠 차를 타고 숨을 몰아쉬며 고향으로 향했다. 이제는 이곳에서 되든 안 되든 숨 쉴 구멍을 만들어 보아야 할 터였다. 앞으로 적어도 3년, 길게는 영원히 마음을 붙이고 살아야 할 고향의 모습은 내가 부산으로 떠났던 10년 전과 변한 것이 거의 없었다. 읍내에서도 건물 사이로 푸릇한 논밭이 보이고, 금세 간판이 바뀌는 도시와는 달리 몇십 년째 자리하고 있는 가게들이 있는 곳. 놀이기구 타듯 격렬하게 흔들릴 만큼 꾸불꾸불한 산길을 지나야 도착하는 나의 고향 집. 자취방 밖으로 한발만 내디뎌도 사람 없는 곳이 없던 부산과 달리 30분은 걸어가야 이웃을 만날 수 있는, 대나무 숲을 뒤로한 파란 지붕 집이 시간이 무상할 만큼 그대로였다.

공룡으로 유명한 고성에서도 유독 '공룡로'라고 이름 붙은 주소지에 전입신고를 하고 몇 달 뒤, 까맣게 잊어버릴 때쯤 문자 한 통이 도착했다. '전입 축하금'으로 10만 원이 입금됐다는 메시지였다. 돈을 줄 정도로 나의 전입을 축하하다니. 그때는 그저 신기해하며 웃어넘겼지만 내 고향이 가진 절박함을 알아 버린 지금은 그 10만 원을 마냥 웃어넘길 수는 없게 됐다.

시간은 정신없이 흘러갔다. 새로 옮긴 직장에서의 적응, 엄마의 투병, 가족들과 풀어야 할 응어리들이 나를 쉴 새 없게 만들었다. 고향에서 직장을 다닌다는 것은 내가 꿈에서도 상상하지 못했던 장면의 연속이었다. 가족들의 배웅을 받으며 집을 나서는 자체부터 익숙한 공간을 지나는 출근길까지 모든 게 어색했다. 특히나 유년 시절 나에게 있어 자주 들르진 못해도 충분히 친밀한 공간이었던 도서관에 출근한다는 사실이 오래도록 적응되지 않았다. 기쁘기도 하고 부담스럽기도 한 묘한 기분은 '고성 출신'이라는 사실만으로 정겹게 말을 붙이는 이용자들을 만날 때도 마찬가지였다. 그저 지도를 그린 종이 위 어딘가 콕 박힌 섬 정도로만 여겼던 곳, 그만큼 애정도, 관심도 없던 고향이 나를 환대할수록 나는 더욱 어쩔 줄을 몰랐다.

　고향에 왔더라도 모교를 방문하는 일은 어지간한 계기가 없다면 하지 않을 일이었다. 대단한 사람이 되어 금의환향한다면 모를까, 어떻게 변했을지 궁금하긴 했지만 괜스레 시간 내어 들르는 일이 유난스럽게 느껴졌다. 그런 나의 숫기 없음을 진작부터 알고 있었을 사려 깊은 상사는 업무차 관내 초등학교를 들르는 길의 동행을 권유하셨다. 학교들을 지원해야 하는 입장에서 현장의 모습을 눈으로 직접 보는 일은 무엇보다 중요하다는 말씀과 함께였다. 감사하기도 하고 어색하기도 한 마음으로 상사의 차를 타고 학교로 출발했다. 나의 모교를 포함하여 다른 면 지역 초등학교들을 두루 들를 터였다. 면 단위가 넓게 퍼져 있는 나의 고향은 다시 한번 말하지만 자차가 필수인 곳이다. 이리저리 흔들리고 덜컹이며 도착한 학교들은 하나같이 방문객을 정겹게 대했다. 선생님들과 마주 앉아 짧게는 10분, 길게는 20~30분씩 대화를 나눴다. 학교 도서관의 환경과 독서 교육에 대해 이야기들이 오가는 동안 교장실 벽을 찬찬히 훑어보면 어김없이 학교 연혁과 현황이 붙어 있었다. 더 아기자기한 어느 학교에서는 아이들의 활짝 웃는 모습이 담긴 사진도 시선을 조금만 옮기면 볼 수 있었다. 열심히 고개를 끄덕이며 어른들의 말씀을 귀담아듣고, 또 한 번 고성 출신이라는 소개를 하며 웃음을 주고받고, 그러는 와중에 자꾸만 눈길의 한구석에 숫자들이 덜컹하고 걸렸다. 학교 현황을 나타내는 표에는 더 있어야 할 숫자가 빠진 것처럼 여백이 넓었다. 자릿수가 하나는 더 있어야 할 것 같은데, 0이 하나 더 붙기라도 해야 할 것 같은데. 학년당 학생 수가 한 자릿수를 넘어가는 곳은 꽤 여러 군데의 학교를 들른 후에도 찾기가 어려웠다.

다섯 번째였을까, 그보다 더 되었을까. 마침내 나의 모교에 들렀다. 사라진 첫 번째 초등학교에서 옮겨 갔던 바로 그 두 번째 학교였다. 그곳은 조금만 기억을 더듬어도 추억이 되살아날 만큼 그대로이기도 했고, 생경하다 느낄 만큼 변한 구석도 있었다. 무엇보다 선명한 변화는 울타리를 기준으로 앞뒤로 붙어 있던 또 다른 나의 모교인 중학교가 폐교되었다는 점이었다. 이미 알고 있는 사실이었지만 어쩔 수 없이 슬펐다. 폐교를 막기 위해 애쓰셨던 선생님들, 그리고 그곳에서 멋모르고 마음껏 자라났던 한때를 떠올리면 못 먹을 음식을 삼킨 것처럼 속이 일렁였다. 그런 마음을 뒤로하고 들어선 초등학교는 모든 게 조금씩 작아진 느낌이었다. 그때 당시에는 높아 보였던 계단, 커 보였던 교무실 문이 내가 자란 만큼 낮아져 내 눈높이에 와 있었다. 학교 도서관을 지나자 한쪽 벽면을 잔뜩 장식하고 있는 역대 졸업생들의 사진 속에서 내 모습도 찾을 수 있었다. 나보다 더 즐거워하시는 상사의 맑은 웃음을 따라 나도 어설프게 웃어 보이며 그 옆에 서서 기념사진을 찍었다.

"우리 사서가 이 학교 출신입니다."

내가 소개되자 분위기가 한층 친밀해졌다. 웃음과 대화가 오가고 학생들을 위하는 마음이 물씬 느껴지는 열정적인 교장 선생님의 모습에 잔잔한 감동이 전해졌다. 그러는 사이 나는 무언가 확인하고 싶은 마음에 일부러 벽면의 숫자를 찾기 시작했다. 1학년부터 6학년까지 적힌 첫 줄 아래로 보이는 숫자들. 앞서 들렀던 어느 학교들보다 작은 숫자에 나도 모르게 뭉친 숨을 뱉었다. 특히 학년이 낮을수록 심각했다. 내 모교의 학생 수는 전교생을 다 합해야 서른한 명, 그중에서도 2학년은 한 명이고 1학년은 두 명에 불과했다.

"인구 절벽이 실감이 나네요."

"그렇지요. 어찌할 수 있는 일이 아닙니다."

두 분의 대화 소리도 와닿지 않고, 그저 고개를 따라 끄덕이면서도 속으론 다른 생각을 했다.

'이거, 정말 큰일 났구나.'

그렇게 자리가 마무리되고 마저 남은 학교들을 들른 후 근무지로 돌아올 때까지 내 머릿속엔 '큰일 났다.'는 생각이 떠나질 않았다. 충격을 받았다고 표현해도 될 만큼 그 숫자들이 뇌리에 박혔다. 이 상태로 가면 이 학교가 얼마나 버틸까? 내가 다녔던 중학교처럼 초등학교마저 사라지는 건가? 내년에 입학할 아이는 있긴 한 걸까? 이렇게 아이들이 없으면 이 작은 마을은 앞으로 어떻게 되는 걸까? 이곳, 나의 고향에 미래는 없는 걸까? 현장을 파악하러 갔다 우연히 맞닥뜨린 현실은 내 삶에 커다란 대사를 던졌다. 나의 모교가, 나의 마을이, 나의 고향이 곧 '소멸한다.'

이후 전입을 축하한다며 10만 원을 보내던 관과 교장실 벽면에 붙어 있던 한 자릿수의 숫자들이 모조리 절박한 얼굴을 하고 내게 다가왔다. 이쯤 되자 그런 생각마저 들었다. 이 지경이 되도록 왜 모두는 가만히 있는 걸까? 다른 사람들은 심각성을 알고는 있는 걸까? 본질적인 의심을 할 수밖에 없었던 이유는 나 자신도 그랬기 때문이다. 까맣게 몰랐다. 부산에 살 때까지만 해도 저출산, 지역 인구 유출 문제에 대해 그저 교과서에서만 읽히는 고리타분한 단어로 생각했지 피부로 와 닿도록 느낀 적이 단 한 번도 없었다. 지구 온난화, 세계 평화처럼 너무나 흔해서 정답으로도 찍히지 않는 객관식 보기 같은 거랄까. 그래서 도시의 사람들이 모르고 있을 것은 당연한 일이라는 생각이 들었다. 나도 몰랐는데 누가 알 수 있을까. 소멸 위기의 지방을 고향으로 두고 있는 나도 관심이 없었던 문제인데 누가 관심을 가질 수 있느냐는 말이다.

체감하지 못했고 몰랐다는 말로 무마하기에는 이미 너무 많은 시간이 지나 있었다. 그 뒤 나는 다른 시선으로 고향을 바라봤다. 도서관에 오는 아이들을 보석을 보는 것 같은 심정으로, 드문드문 스쳐 가는 청년들을 모조리 사랑할 마음으로. 그리고 또 생각했다. 먼저 이 상황을 알려야겠다고. 불과 1년 전의 나처럼 주위에 가득한 건물과 사람들과 아이들로 인해 체감하지 못하고 있을 대다수의 사람들에게 지방의 절박함을 알려야겠다고. 그러기 위해 또 글 쓰는 일을 택했다. 이번에는 나의 고향 이야기를 하기 위해서, 2할 정도 남겨 두었던 도시에 대한 미련을 완전히 접고.

대중교통 잔혹사

머무를 의도가 없었던 곳에 덩그러니 놓였다. 오지 않는 버스를 기다리다, 액정 속 시간표를 야속하게 바라보다, 체념하며 생각했다.

아, 잔혹하구나, 잔혹해.

지금부터 내가 하게 될 이야기는 잔혹함에 대한 것이다. 청년을 지방으로부터 내쫓고, 살기 어렵게 만드는 잔혹함. 시골 태생인 내가 10여 년간 도시 생활을 하다 지방으로 돌아왔을 때 느낀 잔혹함은 아주 다양하다. 그중 가장 첫 번째로 꼽곤 하는 것이 바로 이것이다.

사실은 출퇴근부터가 문제였다. 고향으로 돌아오기를 결심하고 가장 먼저 고민한 것이었다. 이 고민에 대한 이해를 돕기 위해선 시골에 대해 통상적으로 갖고 있을 선입견부터 바로잡아야 한다. 지방, 농촌, 시골이라고 하면 여유로운 걸음걸이로 논밭을 지나 이웃집에 놀러 가거나 탈탈거리는 경운기 짐칸에 몸을 싣고 옆 동네로 마실 나가는 상상을 하기 쉽다. 영화 〈리틀 포레스트〉나 유사한 시골 힐링물에서 그려낸 것과 같이 평화롭고 아기자기한 풍경. 물론 그런 장면도 없진 않다. 하지만 시골의 모든 장면이 다 그런 순간의 연속인 것은 아니다. 나의 고향을 떠올렸을 때 완성되는 필름은 그런 여유로움과 조금 차이가 있다. 한적한 건 맞지만 풍경 속 인물이 만끽하고 있을 것은 여유라기보다 인내와 기다림이다. 이 미묘한 차이는 생각보다 중요하다. '여유'와 '인내'는 지니는 명도, 채도, 색상이 모두 다르니까. 세 요소가 다르면 전혀 다른 필터가 된다.

면 지역에 있는 고향 집에서 읍내로 나가기 위해서는 네이버 지도 기준 쉴 새 없이 걸어서 네 시간, 빙 돌아 여러 마을을 들르는 버스를 타고서는 50분, 아빠의 트럭을 얻어 타고서는 30분이 걸린다. 여정이 아주 치열하다는 이야기다. 그중 가장 만만하게 도전해 볼 것이 버스를 타는 일인데, 우리집에서 양옆으로 나무가 우거진 언덕길을 걸어 올라가면 간이 정류장이 있다. 그 언덕 위에서 버스를 기다리며 푸른 논밭을 보는 일이 행복하게 느껴질 때도 분명 있었다. 하지만 매번 행복할 순 없었다. 그곳을 지나 나를 태우고 읍내로 향할 버스는 하루에 네다섯 대가 고작이기 때문이다.

그런 곳에 우리 가족은 여전히 살고 있었고, 나는 읍내 한 가운데 있는 직장으로 출근할 것이 막막하게 느껴질 수밖에 없었다. 그나마 몇 대 있는 버스의 배차 시간은 출근하는 직장인보다는 장터로 향하는 어르신들의 시계에 맞춰져 있었다. 아주 이르거나 늦었다. 자차가 있다면 크게 문제 될 건 없겠지만 당시 나는 면허가 없는 뚜벅이 신세였다. 지하철 노선도가 촘촘한 도시에 살 때는 불편함을 느끼지 못했던 것이 여기서는 그런 '신세'가 되어 버렸다. 첫째로는 면허 딸 타이밍을 놓쳐서, 둘째로는 겁 많고 요령 없어서 미뤄 왔던 운전면허 따기를 도전해야 할 때였다.

우여곡절 끝에 면허를 따고 중고차를 구입했다. 그때까지만 해도 잠시 꿈에 부풀어 이제 어디든 마음껏 다닐 수 있겠다 싶었다. 특히 도시에 두고 온 인연과 미련을 만나러 시간이 허락하는 대로 자주 다녀야지, 하고 생각했다. 그 모든 바람이 헛된 꿈이라는 걸 깨닫기까지는 오랜 시간이 걸리지 않았다. 나는 일 때문에 자주는 아니어도 경남 내 다른 도시로 출장 가야 할 때가 가끔 있었다. 운전을 시작하기 전엔 그런 출장길이 여간 부담스러운 게 아니었는데, 고성으로 오고 가는 시외버스가 드물었기 때문이었다. 버스를 타고 출장을 다녀오려면 앞뒤로 비는 시간 너무 많아 아침 일찍 나서 밤늦게 돌아오는 일이 허다했다. 그러기 싫어서 동행을 구해 카풀을 부탁하기를 여러 번, 그조차도 여러모로 폐를 끼치는 것 같아 할 짓이 못되었다. 그러다 이제 드디어 나도 운전자가 되었으니 전보단 편하게 오고 갈 일이 머릿속에 그려졌다. 하지만 나는 나 스스로의 기질을 너무 뒤늦게 깨달아 버렸다. 창원으로 장거리 운전을 하기 전날, 나는 무려 밤잠을 설치며 긴장을 했고, 출장지에 무사히 도착하고서도 돌아갈 길이 걱정되어 거의 제정신이 아닌 상태였다. 처음이니 그렇겠지, 시간이 지나고 운전 경험이 쌓이면 나아지겠지 했던 스트레스는 날이 갈수록 줄어들긴커녕 점점 극도의 불안까지 몰고 왔다. '왜 난 이 모양일까' 하는 자책도 덤이었다. 그러니 인정할 수밖에 없어졌다. 나는 신체가 편안하되 정신이 불행하려면 운전형 인간이 될 것이고 반대로 마음이라도 편하려면 뚜벅이형 인간이 되어야 하는 것이다.

나는 결국 후자를 택했다. 예정된 운전일(?)이 오기 며칠 전부터 몰아치는 긴장감과 일정조차 제대로 소화하기 힘든 스트레스에 패배를 선언했다. 능숙한 드라이버가 되는 것보다 이 세상 모든 도로 위 자동차를 혐오하게 되는 일이 더 빠를 것 같았다. 그런 부적응자가 되긴 싫었다. 상황이 그러했

으니 그토록 그리워 멋진 모습으로 차를 끌고 방문할 예정이
었던 도시로의 길은 허상이 되어 연기처럼 사라졌다. 특히나
내가 가고자 했던 도시는 초보운전자에겐 악명이 높은 곳이
었다. 인도 위 사정에만 빠삭했던 나로서는 그런 줄도 모르고
헛된 꿈을 꾸었던 것이다.

그렇게 길고 지난한 과정 끝에 문제의 그날도 당일치기 도
시 일정을 소화하기 위해 버스를 선택한 참이었다. 운전을 한
다면 한 시간 이십 분이 걸릴 거리, 그리 멀지 않은 도시로의
일정이었기에 당일치기가 무리는 아닐 것이라고 생각했다.
게다가 이동이 힘들다고 해서 타지로 나가지 않을 순 없는 노
릇이었다. 먹고사는 일이야 시골 안에서도 가능하긴 했지만,
딱 거기까지일 뿐 문화생활에 대한 갈망이나 경험에 대한 욕
구를 충족하려면 좋든 싫든 나갈 수밖에 없었다. 약속은 오후
1시였지만 버스 안에서만 두 시간을 보내야 했기에 아침 일
찍 기상했다. 불만은 없었다. 스스로 선택한 뚜벅이의 길이니
까. 익숙한 버스에 올랐고, 이어폰을 귀에 꽂고 꾸벅꾸벅 졸
아 가며 도착하니 두 시간도 금방이었다. 도착한 터미널에서
약속 장소까지는 30분 정도 더 지하철을 타야 했다. 그렇게
걷는 와중에 눈에 들어온 주위를 지나다니는 사람들. 도시에
살 때는 당연한 것이었는데, 굳이 헤아리지 않아도 어르신보

다 젊은이들이 더 많은 풍경이 너무나도 생경하게 느껴졌다. 사람은 적응하는 동물이라더니, 어느덧 사람 없고 젊은이는 더 없는 시골에 익숙해졌구나 싶었다.

그렇게 도착한 어느 모임 공간에서 같은 취미를 가진 이들과의 충만한 시간을 가졌다. 결핍되었던 많은 것들이 채워지는 자리였다. 모임은 한창이었지만 나처럼 갈 길이 먼 사람은 일찍 나서야 했다. 적어도 저녁 7시 버스는 타야 다음 날 출근에 지장이 없을 것이었다. 오랜만에 만난 인연들과 회포를 풀기엔 짧은 시간이었지만 다음을 기약하며 버스 터미널로 향했다. 오는 길보다 갈 길은 더 멀었다. 돌아갈 때는 중간 경유지에서의 정차 시간이 너무 길어서 환승을 하는 편이 더 나았다. 인터넷 검색 결과 19시 10분으로 예정되어 있는 경유지행 버스를 기다렸다. 하지만 내가 간과한 것이 있었다. 코로나라는 재난사태를 망각했던 것이다. 버스는 아무리 기다려도 오질 않았고 창구에 문의한 결과 19시 50분이 되어서야 버스가 올 것이라는 무심한 답변을 들을 수 있었다. 의아한 마음으로 벽에 붙어 있는 버스 시간표를 확인했다. '마산 남부'라는 글자 밑엔 배차 시간이 정확히 명시되어 있지 않고 무책임하게도 '30~40분 간격'이라고만 적혀 있었다. 그리고 그 위에 '코로나19로 인해 배차 간격이 조정되었다'

는 안내문이 불친절하게 붙어 있는 것이다.

　출근 전날 저녁 시간이란 귀하기가 이를 데 없었지만 기다리는 수밖엔 별다른 도리가 없었다. 검증을 거치지 않고 인터넷 속 정보를 철석같이 믿은 나의 잘못이었다. 몇십 분의 기다림 끝에 버스에 오르면서는 다음번엔 도착과 동시에 돌아가는 버스 시간을 정확히 창구에 문의하겠노라 다짐했다. 그런데 한 시간을 달려 도착한 경유지의 터미널에서는 또 한 번의 좌절이 기다리고 있었다. 환승까지 다짐하며 경유지까지만 티켓을 끊었건만 갈아탈 버스가 없었다. 내가 타고 온 버스가 그대로 고성으로 향하는 버스였고, 정차 시간은 무려 50분이었다. 50분이라니! 세상 어느 버스가 승객을 태운 채로 경유지에서 50분을 기다린단 말인가. 그것도 아무런 안내를 찾아볼 수 없는 채로 당연하다는듯이! 그렇지 않아도 멀미 때문에 빙빙 돌던 머릿속이 더 복잡하게 엉켰다. 나는 어느 시대에 살고 있는 것인가. 1분의 차질도 없이 지하철이 척척 도착하고 그 1분이라도 늦을라치면 온 국민이 다 알 수 있게 문자메시지로 알려 주곤 했던 도시와 간극이 너무나도 컸다. 시골에 산다는 이유로 세상이 나에게 매몰차게 군다고 느껴졌다. 전에는 당연하게 누렸던 배려를 찾아볼 수가 없었다. 그때 느낀 나의 좌절은 첫 장면으로 돌아간다. 머무를 의도가 없었던 곳에 덩그러니 놓였고, 오지 않는 버스를 기다리다, 분명 지금쯤 고성으로 향하고 있어야 할 액정 속 시간표를 야속하게 바라보다, 체념하며 생각했던 것이다.

아, 잔혹하구나, 잔혹해.

결국 차로 내달린다면 한 시간 이십 분이면 올 거리를 네 시간이 넘게 걸려서야 집에 도착해서는 허무함에 헛웃음이 나왔다. 오늘의 이 시련은 뚜벅이형 인간을 택한 것에 대한 잔혹인가, 지방에서의 삶을 택한 것에 대한 잔혹인가. 이토록 열악한 환경을 향해 그간 서운함을 표출한 이들이 없었다는 말인가. 나의 허무와 분노는 확장되어 지방에서의 삶에 대한 자조로 이어졌다. 지방에 살러 온 젊은이라 하더라도 문화와 담을 쌓고 지내지 않는 이상 외부로 나가야만 한다. 그런 젊은이들이 이 고된 여정을 겪고 서운해하지 않고 배길 것인가. 직장 후임으로 들어왔다 3개월 만에 사직한 어느 젊은이가 생각나기도 했다. 내가 왕복 일곱 시간이 걸려서 오고 갔던 바로 그 도시가 고향인 젊은이였다. 이 좋은 직장을 왜 그만두냐는 말에 이제 막 사회생활을 시작하는 초년생이었던 그는 이런 말을 했다고 한다. 이곳으로 향하는 버스를 타고 오는 길이 자신에겐 감옥으로 향하는 것과 같이 느껴졌다고. 이제 알 것도 같았다. 내부엔 즐길 거리가 없고, 즐길 거리가 있는 외부로 향하려면 너무나도 길고 고단한 길이 기다리고 있으며 그 과정에서 지쳐 버리는 것이다. 조금 어린 청년의 투정쯤으로 생각했던 그 말이 이곳이 고향인 나에게조차 와닿는다면 정말 잔혹한 일이 아닌가? 코로나로 인한 변수를 차치하고서라도, 하다못해 인터넷이든 어디든 안내만 되어 있었다면 이렇게까지 서운하진 않았을 수 있다. 이 정도의 불친절함은 지방에 살러 온 죗값으로 길에 버릴 시간을 각오하거나 운전면허학원 등록비와 중고차 구입비를 지불하라는 말과 다르지 않다.

이때의 일에 대한 좌절감은 지금까지도 선명하다. 무엇보다 '아, 내가 정말 지방에 살고 있구나.' 하는 자각을 뼈저리게 체감했던 사건. 지방에서의 삶은 그 후로도 청년으로 살기엔 자주 잔혹했다. 정착한 이들에겐 모든 게 당연하고 감수할만한 일일 수 있다. 어떤 이들은 시골로 향하는 사람의 수가 적기 때문에 대중교통이 열악한 것은 어쩔 수 없는 것이라고 말할 수도 있다. 하지만 정착하려는 이들, 혹은 머무르면 어떨까 고민하는 이들은 이러한 일들에 벽을 느끼고 돌아선다. 시골에 한달살이를 하러 왔던 어느 청년은 대중교통의 열악함에 혀를 내두르다 결국 머무르길 포기했다. 자차가 없으면 시골 안에서 움직이기도, 시골 밖으로 움직이기도 어렵다. 그리고 정착할 곳을 찾으러 헤매고 있을 어린 청년들은 자차를 소유할 여유가 없을 확률이 매우 높다. 그런 그들에게 감옥이 아니려면 무슨 수라도 내야 하지 않을까? 적어도 고립된다는 느낌은 받지 않도록 해야 한다. 지방은 도시보다 생활이나 문화 인프라가 부족할 수밖에 없고 인근의 다른 도시에서 빌려다 쓸 수밖에 없다. 청년을 붙잡기 위해 그 인프라를 완벽하게 완성하진 못하더라도 주변에서 향유할 수 있는 것들을 친절히 안내하기라도 해야 한다. 말하지 않으면 아무도 모르기에 펜을 든 의무감으로 말한다. 나는 나의 고향이 여유와 인내가 공존하는 아름다운 풍경으로 오래오래 지속되길 누구보다 바라고 있기 때문에.

아이들이 갑자기 예쁘다

한때 아이들이 무서웠다. 사람은 미지의 존재에 대해 공포를 느끼기 마련이므로. 조카도 없고 동생도 없어 어린이라는 존재를 가까이 두어 본 적이 없는 인생이었다. 그러다 첫 발령지에서 덜컥 어린이자료실을 맡게 되었을 때의 심정을 회고하자면 발을 헛디딘 듯 아찔했달까. 아니 발을 내딛자마자 잘못된 길에 들어섰음을 깨달았달까. 잘 해낼 리가 없는 일을 맡게 되었다는 생각이 압도적이었다. 어린이 한 명을 대하는 일은 어른 열 명을 대하는 일보다 어렵고 공포스럽게 느껴졌다. '내가 하는 말을 이 아이가 알아들을까?' 하는 확신조차 없었다. 어떤 어휘를 쓰는 게 맞는지, 어떤 높이의 목소리를 내야 하는지, 어떤 눈빛으로 바라봐야 하는지 모든 것이 다 미지 그 자체였다.

그중에서도 무엇보다 걱정스러웠던 것은 초면인 아이들에

게 그림책을 읽어 주는 일을 해내야 한다는 점이었다. 그토록 낯을 가려 옆자리에서 일하는 사람에게도 6개월은 지나야 마음을 여는 마당에, 생전 처음 마주한 누군가에게 목소리를 꾸며 내어 연기하는 모습을 보여야 하다니. 주어진 시련을 믿기 어려웠지만 도망칠 방도가 없었으므로 받아들이기로 했다. 친절히 보여 주신 선배의 시범을 녹음하곤 퇴근 후 반복해서 들으며 내면에 없었던 텐션을 끌어내려 노력했다. 결코 쉽지 않은 일이었다. 타고나길 낮은 목소리와 웃음기라곤 찾아볼 수 없는 표정 등 내가 가진 모든 것이 장애물이었다.

아이들에게 책 읽어 줄 시간이 다가올수록 스트레스는 극에 달했다. 지금 생각해 보면 어이가 없지만, 도서관의 다른 모든 일을 맡아 할 테니 이 일만 빼 줬으면 하는 생각이 머릿속을 지배했다. 하지만 늘 그렇듯 심정과는 상관없이 때는 다가왔다. 억지로 올린 입꼬리와 방황하는 시선과 떨리는 목소리로 한 줄 한 줄 읽었던 기억이 생생하다. 아이들은 나의 긴장을 대번에 알아차렸을 것이다. 어리다는 게 여리다는 뜻은 아니지만 나를 올려다보는 그 작은 인간들은 마주한 사람의 감정에 쉽게 기뻐하거나 부서지는 듯했다. 그 사실이 느껴질수록 또 무서워졌다. 하지만 늘 그랬듯 시간이 약이 되었다. 횟수가 쌓일수록 마냥 두렵기만 했던 그 시간은 나도 모르는 사이 나를 웃게 하는 형태로 삶에 스며들었다. 지금 기억에 남는 건 벌벌 떨어 댔던 내 모습이 아닌 다른 순간들이다. 순수하게 이야기를 궁금해하는 맑은 시선에 묘한 기분이 들었던 순간, 예상치 못한 장면에서 터져 나왔던 쨍한 웃음소리에 공포가 녹아내렸던 순간.

얄궂게도 난 그 뒤로도 쭉 어린이자료실에서 아이들을 상대했다. 그때와는 다른 의미지만 여전히 작은 공포를 가진 채로. 공포의 모양이 바뀐 것은 그들이 얼마나 투명한 존재인지를 점점 더 깨닫게 된 것이 계기였다. 함께 온 부모의 행동을 거울처럼 따라 하는 아이, 감정의 숨김이라곤 없이 고스란히 웃음과 울음을 표현하는 아이를 보고 느끼고 대하다 보니 두려움의 방향이 바뀌었다. 나의 사소한 말과 행동이 저 작은 체구가 살고 있는 세계에선 얼마나 큰 영향을 끼칠까 하는 생각이 들었다. 그저 모르는 존재에 대한 두려움, 대하기가 어려워 쩔쩔맸던 긴장감보다 더 막중한 감정이었다. 나는 자료실을 찾은 아이들에게 내 안의 모든 다정함을 끌어내 조심스럽게 대하려 노력했다.

하지만 그런 노력이 아이들에 대한 애정을 전제로 했다고 보긴 어려웠다. 조심히 대해야 할 존재라는 것을 아는 것과 그들을 사랑하게 되는 것은 머리와 가슴이 떨어진 거리만큼 다른 문제다. 어린이들을 향한 나의 마음이 그 거리를 좁혀 애정으로 바뀐 건 몇 년이 지난 뒤였다. 고향인 이곳, 고성에 발령받아 일하기 시작하고서부터였다.

귀하다 못해 희귀한 존재. 이곳에서 어린이는 그런 존재였다. 누가 상기시키지 않아도 저절로 알 수 있었다. 인구 절벽이 현실로 와닿는 곳이었기 때문이다. 업무차 방문한 면 지역 학교에서는 겨우겨우 두 자리였던 한 학년 수가 기하급수적으로 줄어들고 있었다. 특히 1학년의 수는 다섯 손가락으로 꼽고도 손가락이 남을 정도였다. 나의 모교는 물론이고, 읍내에 위치한 가장 큰 학교 두 군데를 제외하면 전부 다 그런 실정이었다. 연령이 더 어린 아이들의 경우는 더 심각했다. 도서관에 현장학습을 오는 유치원은 내가 근무하는 3년 사이 해가 바뀔 때마다 반이 줄었다. 이렇게 신입생 수가 0으로 수렴하는 순간 이 학교들은, 이 마을은, 이 지역은 어떻게 되는 걸까. 미래가 가려졌을 때 틈 사이로 희망이 생기는 법인데 너무나 훤히 드러나 버린 미래에 숨이 턱 막힐 지경이었다.

그래서 요즈음엔 계속해서 그런 생각이 든다. 얼마나 귀한 존재인가. 현재 한국의 저출산 현상은 같은 문제를 극심하게 앓았던 일본을 넘어섰고 극복할 방도라곤 보이지 않는다. 곳곳에서 체감하는 소리가 들리는 모양이지만 안타깝게도 곤

두박질치는 기세는 변하지 않는다. 그러니 간절한 마음으로 바라볼 수밖에. 거기 있는 것만으로도 소중하고 보호를 받아야 마땅한 존재. 건강하게 자라나 자신의 삶을 끝까지 완주할 수 있도록 온 지구적 도움을 받아야 하는 존재. 어린이다.

　이런 마음을 두고 한발 늦은 데다 이기적이기까지 한 애정이라고 말할 수도 있겠다. 위기감을 느끼고서야 소중하다고 생각하게 된 것이 순수한 감정은 아니라고. 사랑하게 되었음에도 정작 내 아이에 대한 상상은 잘 그려지지 않는 것도 또하나의 모순이다. 그래서 미지의 존재에서 귀한 존재로, 공포에서 사랑으로 변화한 나의 시선이 가끔은 부끄러운 일처럼 느껴지기도 한다. 소멸의 과정을 몰랐고 외면하고 있었던 무지의 조각 같다. 그 조각이 발바닥에 박혀 걸을 때마다 거슬리므로 앞으론 외면할 방도가 없다. 꼼짝없이 사랑해야 하고 소중히 대하기 위해 전전긍긍해야만 한다. 그 점이 가상해서 누가 답을 선물해 주기라도 했으면 좋겠다. 아름답고 귀한 존재들에게 그들이 태어나고 자라날 곳의 영원을 약속할 수 있는 방법 말이다.

배경은 블러 처리

내게 있어 시간이 흘러가는 것에 대한 그나마의 위안 중 하나는 '앎'이 찾아온다는 것이다. 그중에서도 나 자신을 알게 되는 것은 손댈 것 없는 하나의 문장을 써 버린 것과 같달까. 기적 같은 일이라는 뜻이다. 우연히 얻어걸리는 일이라는 뜻이기도 하다. 어쨌든 그 기적은 스스로 이루어 낼 수도 있지만 가끔은 외부로부터 찾아온다. 최근에 나는 그렇게 외부로부터 나에 대한 '앎'을 얻었다. 내가 치명적인 약점을 하나 갖고 있다는 사실이다. 어느 순간 가까운 이들이 나를 이렇게 놀리기 시작하면서 깨우쳐 주었다. '한 치 앞도 모르는 주연!'

시작은 사소한 것에서부터였다. 어느 날 외출 전, 창문 너머 하늘에 구름이 잔뜩 끼어 있는 것이 보였다. 날씨 어플을 켜 보니 지금의 아이콘은 구름 모양. 스크롤을 내리자 저녁 시간에 가까워질수록 사선의 빗줄기가 그어지는 것이 보였다. 하지만 어쩐지 우산 쪽으로 손이 가질 않았다. 이유는 단순했다. 짐이 무거워지는 것이 싫은 것이다. 어쨌든 지금은 비가 안 오니까, 우리나라 일기예보가 맞은 적과 비슷하게 틀린 적도 많으니까, 그런 이유로 우산을 놓고 목적지로 향했다. 그날 저녁엔 이것 보라는 듯 억수 같은 비가 쏟아졌고, 비가 올 것이 명백했는데 어째서 빈손으로 왔냐는 연인에게 머쓱해하며 이런 말을 할 수밖에 없었다.

"내가 올 땐 분명히 비가 안 왔거든."

그때부터 어쩐지 너는 야무진 것 같다가도 한 치 앞을 모를 때가 있다는 놀림이 시작되었다. 크게 반박할 수 없었던 것이, 분명 나는 비가 올 것 같다고 생각했으면서도 당장 무거워질 손이 싫어서 우산을 놓고 온 게 사실이니까. 다른 어떤 날엔 귀가할 때 가져올 짐이 있다는 것을 알면서도 짐 가방을 챙기지 않았던 것이 사실이니까.

이런 일이 반복되다 보니 스스로에 대해 돌아보지 않을 수 없었다. 그렇게 돌아보다 발견한 나를 위한 변명은 다음과 같이 거창했다. 나는 원래가 미래보다는 과거를 자꾸만 돌아보는 사람이었지. 과거에 대해 복기하고 현재를 버텨 내는 것으로 나아갈 용기를 얻는 사람이었지. 누군가는 과거보단 미래를 생각하는 게 현명하다고 하겠지만 살아가는 동력을 얻는 곳은 사람마다 다르기 마련이니까. 그러니 우산이나 짐 가방과 친하지 않은 것도 같은 맥락으로 쳐주고 싶은 것이다. 어쨌든 우산이 무거워 밖에 나가지 않는 것보다는 그래도 목적지로 향하는 게 중요한 거니까. 짐 가방을 들고 오지 않았더라도 어떻게 해서든 짐을 옮겨 내는 근성이라도 있는 거니까. 물론 보통은 이런 경우를 두고 머리가 나쁘면 몸이 고생한다고들 한다.

변명 후엔 원인 파악에 나서서, 이런 나의 성향이 생각의 곁가지를 쳐내는 버릇 때문일 수도 있겠다는 생각이 들었다. 한때 생각이 너무 많아 잠들지 못하는 밤이 많았다. 대학교 땐 여러 개의 아르바이트를 하며 피곤에 몸이 절어도, 뻗어 나가는 생각의 활동성 때문에 밤을 새곤 했었다. 그러다 일하는 맥주집에서 서서 조는 경험을 하고 나선 잘 수 있는 시간엔 최선을 다해 자야겠다고 생각했다. 그러기 위한 수단으로 시작한 것이 '스위치 누르기'였다. '스위치 누르기'란 생각에 빠져들기에 앞서서 한 발자국 물러나 결정해 보는 것이었다. 더 이어 가야 할 생각인가? 생각을 계속하는 것으로 해결할 수 있거나, 방법을 찾을 수 있는 부류의 사건인가? 긍정이라면 기꺼이 생각을 이어 갔고, 부정이라면 과감히 스위치를 눌러 차단해 버리는 방법이었다. 처음엔 쉽지 않았지만 반복하니 숙련되었다. 점점 스위치를 누르는 속도가 빨라지고 빈도는 높아지기 시작했다. 그래서 나는 목적지에 대한 것 외에는 스위치를 눌러 버린 것일 수도. 아, 이것 역시 원인 파악보다는 변명일까. 하지만 이제는 그러지 않아야 한다는 것을 어렴풋하게나마 안다. 목적지보다는 가거나 돌아오는 과정이, 해냈다는 결과뿐만 아니라 방법이나 수단 또한 중요하다는 것을 안다.

곁가지를 쳐내고 스위치를 끄다 보니 주위의 배경이 블러 처리되는 경우가 많았다. 똑같은 장면을 목격하고도 세세한 디테일을 기억하는 사람과 주된 요소를 제외하고는 그 어떤 것도 기억하지 못하는 사람이 공존한다. 나는 철저히 후자인 편이었는데, 그래서 본의 아니게 존재 자체가 블러 처리되어 서운함을 표현하는 지인도 있었다. 그럴 때 나의 변명은 참으로 빈약했다. 나는 너를 중요하게 생각하지 않은 것이 아니라, 내 머릿속 용량이 너무 작은 것뿐이라고. 나의 당황을 알아차린 마음씨 좋은 지인들은 넘어가 주곤 했지만, 아마 속으론 그게 그거 아니냐고 생각했을 수도 있다.

그래서 스스로에게 던진 이 질문에 쉽게 대답하지 못한 건 어찌 보면 당연한 일이다. '지방에 살아서 좋은 점이 뭐가 있을까?' 나는 계속해서 지방살이에 대한 아쉬운 면만을 전투적으로 써 내려가고 있었다. 그것은 더 나은 쪽으로 나아가기 위해선 안 좋은 것들을 직면해야만 한다는 강박과도 같은 삶의 태도 때문이기도 하다. 그러다 아차 했던 것은 나에겐 익숙하고 당연해서 굳이 소개할 필요가 없는 좋은 점, 내 일상의 배경일 뿐이어서 블러 처리해 버린 것들이 지방 밖의 사람들에겐 신선할 수도 있겠다는 생각이 들어서이다. '사랑스러운 점들도 공존하고 있잖아.' 고향을 사랑하는 내 안의 어떤 부분이 경주마처럼 달리고 있던 나를 향해 억울하다고 외치고 있었다. 그 외침을 듣는 순간 스스로에게 물었다. '좋은 점이 더 많지. 그런데 정확히 어떤 점이 좋지?' 분명 외침에 반응한 마음이 들썩였으나 명쾌한 대답이 생각나지 않았다. 고향으로 내려온 후의 온갖 기억을 뒤적이다 결국엔 힌트를 얻기 위해 친언니에게 메시지를 보냈다. 대학을 졸업한 후 쭉 고향에서 부모님과 시간을 보냈던 언니. 지금도 나와 함께 고향에 살고 있는 '지방력'이 더 높은 언니다.

[언니, 지방에 사는 게 어떤 점이 좋아?]

고민했던 시간이 허무하리만큼 언니의 대답은 빠르게 도착했다.

[너무 많은데! 다 얘기해?]

연달아 도착한 메시지들에는 언니가 도시로 돌아가지 않

앉던 이유가 명확하게 적혀 있었다. 사람이 적어서 좋고, 자연이 가까이에 있어서 좋고…. 듣다 보니 서서히 선명해졌다. 나도 모르는 사이 내가 넘겨 버렸던 수많은 배경들. 사건에 집중하느라 블러 처리해 버린 늘 존재했던 한결같은 것들. 언니 덕분에 나 역시도 떠올랐다며 고맙다는 인사를 전했다. 지방살이가 좋은 이유, 내 생각보다 훨씬 대단하다. 그 이유들이 늘 나를 품고 있었기 때문에 인식하지 못했을 뿐. 그래서 또다시 목적이나 결과에 몰두해 잊어버리지 않도록 기록해야만 한다.

사람이 든 자리는 몰라도 난 자리는 안다고 했다. 무엇이든 없어 봐야 귀한 줄 안다고 했고, 창작의 영감은 그러한 결핍에서 올 때가 많았다. 그래서 지방살이에 대한 모자람을 느낄 때만 글을 써야겠다는 마음이 울컥 솟았다. 젊음이 도망다니는 것만 같은 허망하고 쓸쓸한 현실을 알려야겠다는 생각에서였다. 왜 청년들이 지방을 떠나려고 안간힘인지, 답답해하고 못 살겠다 생각하는지를 쓰려고 혈안이었다. 도시에선 당연하지만 지방에선 존재하지조차 않는 것들을 핏발 세우고 찾아다녔다. 하지만 그러는 동안 내가 외면했던 것들이 얼마나 많은지. 도시 사람들은 꿈도 못 꾸는 근사한 장면들이 얼마나 다양하게 펼쳐지는지. 여기, 언제 소멸할지 모르는 지방에 우리가 살다간 흔적이라도 남기고 싶어 시작한 글쓰기 니까, 너희 도시 것들이 몰라서 그렇지 우리도 이렇게나 충만 하다고도 기록해야 공평할 것이다.

첫 번째, 사람이 적다는 것은 위기를 불러왔지만 실은 자주 장점이 되기도 한다. 나는 내 소중한 고향이 소멸할지도 모른 다는 걱정만 없었다면 기꺼이 인간이 적고 나무는 많은 이 환 경을 마음 놓고 사랑했을 것이다. 맛있기로 소문난 곳을 가려 면 몇 시간쯤 길바닥에 서서 차례를 기다려야 하고, 핫플 포 토존에서 남들처럼 사진을 찍으려면 진짜 그 장소를 즐길 시 간과 맞바꿔야 하는 도시와는 많은 것이 다르다.

직장에서 걸어서 5분이면 도착하는 헬스장으로 향하는 동 안 나를 향해 걸어오는 사람들의 숫자를 헤아려 본 적이 있 다. 하나, 둘, 셋, … 숫자가 두 자리로 넘어가기 전에 목적지 에 도착한다. 젊음의 밀집도로 치자면 고성에서 으뜸일 헬스 장 안은 바깥과는 비교가 되지 않을 정도로 붐빈다. 공룡이 발자국을 찍고 간 상족암군립공원이나 유명 연예인이 와서 드라마를 찍고 갔다는 장산숲이 아니라 바로 이곳이 고성 최 고 핫플레이스가 아닐까 싶을 정도다. 그렇게 잠시 사람 냄새 를 잔뜩 맡다가 건물 밖으로 나오면 집으로 향하는 매 걸음마 다 그 냄새가 옅어진다. 실시간으로 사람과 멀어지는 것이다.

걸음마다 일상을 털어 내고 오롯이 나만이 존재하는 상상을 한다. 읍내와 멀어지고, 소음이 흩어지고, 멀리서 날아오는 풀냄새가 스쳐 가는 것을 느끼는 그 순간엔 나에 대해서만 생각할 수 있게 된다. 도시에 살 땐 이런 일이 어려웠다. 몰입하거나 집중할라치면 어떻게 해서든 자극이 침범해 왔다. 그런 자극으로부터 안녕하기란 의지만으로 가능한 일이 아니다. 그러니 그때와 지금을 번갈아 떠올리다 보면 감사할 수밖에 없게 된다. 오롯이 나로 존재할 수 있게 해 주는 이 고요하고 정적인 나의 고향에게. 지금 당장 지방을 떠나 도시로 돌아가 살라고 한다면 심히 내키지 않을 터인데, 그 가장 큰 이유가 바로 이것이다. 선물 같은 몰입의 시간.

두 번째, 시골의 장점에 대해 자연을 꼽는다면 너무 구태의연하다고 생각할까? 그렇다고 빼놓을 수는 없다. 자연이 주는 기쁨과 사람다움이 너무나도 명백하기 때문이다. 자연은 그 속에 있는 것만으로 기쁨을 주고 나라는 존재가 사람임을 깨우쳐 준다. 저기 몇십 년을 뿌리박고 있는 나무에 비하면 나는 사람이기 때문에 얼마나 자유로운가, 혹은 초라한가. 종일 울어 대는 저 풀벌레에 비하면 나는 사람인 덕분에 얼마나 위대한가, 혹은 잔인한가. 종종 잊을 때가 있지만 가끔 서울 구경을 가거나 가까운 부산에만 가도 콧구멍에 잔뜩 딱지가 앉는 기분을 느끼곤 새삼스레 생각한다. 공기의 질과 나무의 숫자와 눈의 피로도 등이 모두 하늘과 땅 차이다. 도시 사람들이 일부러 흉내 내거나 물어서 찾아가는 초록의 풍경도 여기선 발에 채일 정도로 흔하다. 굳이 인터넷에 검색을 하거나 한참을 이동해 찾아가지 않아도 발 닿는 곳에 자연이 존재한다. 이것이 얼마나 대단하고 소중한 일인지.

고향에 온 후 함께 일하는 동료와 점심을 먹고 5분만 걸어 나가면 봉긋하게 솟아오른 고분군을 산책할 수 있었다. 걷기 싫어하는 내 손을 이끌어 준 그녀 덕분에 발견한 풍경이었다. 계절마다 색깔이 달라지는 고분은 놀랍게도 고성 읍내의 한가운데에 있다. 버스 터미널에서도, 나의 직장에서도, 많은 이들의 집에서도 5분에서 10분 정도 걸으면 도착할 수 있다. 심지어 나의 직장 안에서는 창문을 통해 빼꼼히 일부분을 볼 수 있었는데, 결재판을 들고 상사가 계신 곳에 들어갈 때면 환하게 맞아 주시는 얼굴 다음으론 멀리 보이는 고분군이 눈에 들어왔다. 고분은 엄연히 말해서 자연이라기보다 유물이라고 구분할 수도 있겠지만 시야를 가득히 채우는 푸른 곡선을 바라본다면 자연이어도 손색없겠구나 하고 느낄 것이다. 이 송학동 고분군은 2023년 9월에 다른 여섯 개의 가야 고분군과 함께 유네스코 세계 문화 유산에 등재되기도 했다.

5분만 걸어가면 도착할 수 있는 세계 유산이라니! 지역의 입장으로서도 보물 같은 일이다. 이 외에도 우뚝 선 건물이나 달리는 차에서 시선을 10센티미터만 옮겨도 어렵지 않게 푸른 무언가를 발견할 수 있다. 아마 시간이 지날수록 더 소중해질 것들. 어쩌면 사람이 적기 때문에 유지되고 있는 이것이 이 지역의 가장 큰 매력 중 하나라는 사실이 역설적이다.

마지막으로 지방에 살면서는 도시에 사는 것과 다른 방향의 기회를 얻을 수 있다. 이미 거의 모든 분야가 포화상태인 도시와는 다르게, 지방에서는 어렵지 않게 '최초' 타이틀을 획득할 수 있다. 도시보다 속도가 느리다는 것은 누군가에겐 답답함이 될 수 있지만 다른 누군가에겐 기회가 될 수 있는 것이다. 개월 단위로 상가의 간판이 바뀌었던 대학가와는 달리 이곳의 간판들은 하나같이 세월의 흔적을 갖고 있다. 그러다 어느 날 원래 있던 간판이 내려가고 잠시 문이 닫히면 그때부터 온 군민이 관심을 가지기 시작한다. "저 자리에 뭐시 생길 건갑다!" 지역 커뮤니티가 수군거리고, 우리끼리도 지나갈 때마다 한마디씩 덧붙인다. "나는 저기에 카페가 하나 새로 생기면 좋겠는데. 별다방 어떻노, 별다방!"

그렇게 업종을 점치는 일은 대부분 빗나갔지만, 정답 유무와는 별개로 네 칸 프레임 사진 찍기 부스나 탕후루집이나 도시에서만 봤던 프랜차이즈 햄버거집이 생긴 날엔 소소한 흥분을 공유했다. 이 고요하고 정적인 지방에서 새로운 무언가가 생긴다는 것은 무조건적인 환영을 받기 마련이다. "이야~ 고성 도시 다됐네!" 이런 추임새를 넣어 가면서 최초가 된 저 업장을 환영하는 것이다. 나 역시 친구들 단톡방에다가 웃음기 섞인 자랑을 하곤 했다. "야, 고성에도 네 컷 사진 생겼다! 대박이제?"

이런 환영은 창업뿐만이 아니라 다른 분야에도 그대로 이어진다. 나는 고성에 불현듯 나타난 글쓰는 젊은이라는 이유로 얼마나 환영을 받았나. 귀하기 이를 데 없다는 반응이었다. 나는 그냥 고성에서 태어나서 시간이 흐르는 데로 자라났다가 모종의 이유로 돌아왔을 뿐인데, 그 사실만으로도 기특하다는 칭찬을 여러 번 받았다. 나뿐만이 아니다. 영상을 만드는 젊은이, 노래를 부르는 젊은이, 농사를 짓는 젊은이……. 환영받고 이쁨받는 과정들이 꼭 모두의 희망 사항이라고 할 수 없고, 원하는 유의 성공으로 데려다주리라는 보장도 없다. 하지만 환대가 사람을 살릴 수 있다는 것을 여러 번 경험한 나는 적어도 농촌 텃세라는 말이나 꽉 막혀 있다는 지방의 이미지가 안타깝다. 진리처럼 유행했던 말 '케바케, 사바사'처럼 일반화되어서는 안된다. 지방살이는 알려진 것보다 환대받고, 보호받으며, 존재 자체만으로 귀해질 수 있다.

줄줄이 떠오르는 지방살이의 행복들을 이쯤으로 줄이며, 그래도 나는 아마 앞으로의 글들에서 부정적인 면을 좀 더 써 내려가게 될 것이라는 말을 할 수밖에 없다. 나는 애향심 가득한 지역민으로서가 아니라 지방에 사는 청년 당사자로서의 글을 쓸 것이고, 극복해야만 하는 현실을 알릴 것이기 때문이다. 아무리 좋은 점이 많다 한들 이곳의 젊은이들은 원하는 대부분의 것을 얻기 위해 지역 밖으로 나가야만 하는 것이 현실이다. 이곳에서 살아남기 위해선 안으로든 밖으로든 분투의 과정을 거쳐야만 한다. 그 과정이 어찌 아름답고 평화롭기만 할까. 또 나는 이런 점이 좋으니 지방으로 와서 살아달라는 바람을 담고 글을 쓰고자 하는 것이 아니다. 소멸해 가는 고향에 대한 해결책이 되고자 하는 것도 아니고, 지방살이를 홍보하고자 하는 것이 아니다.

해결책은 한 치 앞도 모르는 주연보단 미래를 볼 줄 아는 사람들이 제시해 주리라. 대신 나는 직접 살지 않는 한 알지 못하는 현실과 이야기를 전달할 것이다. 지방이 살아나는 것이 가능하긴 한 것일까, 근본적인 의문이 맴도는 시점에서 어차피 소멸할 것이라면 우리가 살다간 흔적이라도 솔직하게 남겨야겠다는 생각을 했다. 나는 결핍에 대해 쓰길 좋아하는 사람이므로 지방에서 살기 때문에 포기해야 하는 것들을 쓸 것이다. 그럼에도 살아가기 위해 노력하는 청년들, 그저 동시대를 살아가는 평범한 젊음에 대해 적어 내려갈 것이다. 그중에서도 특히 청년이기 때문에 불편하고 갈망하게 되는 것들에 대해 고백할 것이다. 이 글의 목적을 묻는다면 이렇게 말하고 싶다. 수많은 도시 이야기 위로 변두리 지방의 이야기를 얹는 것. 우리가 여기서 이렇게 살고 있다고 표현하는 것. 어쩌면 우리처럼 고민하고 분투 중인 또 다른 청년들에게 손을 내미는 것. 덧붙여 기적이라는 것이 일어난다면 이 이야기들이 모여 어떤 가능성이 발현되는 것. 그러니 다시, 배경은 잠시 블러 처리하기로.

어쨌든 모두 이곳엔 없다

부산에서 살던 시간이 울컥 그리워서 눈물이 핑 돌 때가 있다. 어쩌면 내 최초의 기억은 저 먼 옛날이 아니라 고성을 떠나 살기 시작했던 성인 이후가 아닐까? 그런 의심을 할 만큼 내 삶에 깊게 박혀 있는 고군분투했던 시절. 대학 생활을 시작으로 10년간 머물렀던 부산에서의 기억들은 너무나도 인상 깊어서 의지와 상관없이 그때를 향해 생각이 달려갈 때가 있다. 자꾸만 앞으로 나아가라고 하는 요즘 세상이기에 거꾸로 향하는 생각과 그리움과 기억의 반추를 스스로 자제하곤 한다. 하지만 어쩔 수 없이 그때로 달려간 생각들은 무엇인지 모를 것들로 흠뻑 젖은 채 질은 발자국을 남기며 겨우겨우 돌아오곤 했다. 자주 상처받고 별거 아닌 것에 위로도 받고 또 역설적이게도 가족과 고향을 자주 생각했던 그때. 어째서 자꾸만 그리운 마음이 드는지 알다가도 모를 일이었다. 나름의 정성을 다 쏟으며 살았기 때문일까. 그렇다고 돌아가고 싶으냐 묻는다면 격렬하게 도리질칠 것이다. 그 치열하고 부끄러운 시절을 절대로 다시 살 순 없다. 그렇지만 그때의 흔들리던 주연과 함께했던 사람들만큼은 정말로 보고 싶다. 함께 문학회를 했던 사람들, 내성적인 나와 기꺼이 무리를 이뤄 주었던 대학교 동기들, 제자의 사정을 진심으로 들어 주셨던 교수님들, 알바하던 맥주집의 주방 이모님들 모두.

그런 그리움의 이유는 고향에 남아 있는 인연이 없기 때문일 수도 있겠다. 고향이라고 익숙하긴커녕 가족이 산다는 것과 어렴풋하게 기억나는 장소가 존재한다는 것 외에는 온통 낯설기만 하다. 분명 고성에서 태어나고 성인이 되기 직전까지 자랐는데, 이곳엔 내가 아는 사람이 없다시피 했다. 모두 떠나간 것이다. 내 기억 속의 친구들은 날갯짓의 흔적도 없이 훌쩍 떠나갔다. 그래서 고향에 돌아온 뒤 거의 모든 관계를 새로 맺어야 했고, '내 고향이 이런 곳이었구나' 하고 다시 더듬더듬 배워 갔다. 직장 사람들이 "고성 사람 맞냐"고 되물을 정도로 읍내 맛집 하나 알지 못했던 것도 그 까닭이었다. 함께 밥 한 끼 할 친구가 하나도 없었다. 그러니 두고 온 다른 곳의 인연들이 그리울 수밖에.

그런 상황이니 가끔 아는 얼굴들을 마주치면 아주 반가웠

다. 길을 가다가, 혹은 운동을 하다가 우연히 마주치게 되는
낯익은 얼굴과 뒤이어 떠오르는 이름 석 자는 알은체할 정도
의 사이가 아니더라도 내 기분을 부풀게 했다. 정말 모순적
인 마음이었다. 이 좁은 지역에서 아무도 나를 몰랐으면 좋겠
다고 종종 생각하면서 동시에 타인의 존재로 나의 과거와 현
재를 확인하고 싶은 것이다. 그 마음은 외로움과 닮아 있었
다. 그러니 드문드문 한 번씩 도착했던 그 안부가 더욱 귀하
고 반갑게 느껴졌다.

　가족을 제외하고 고성에 남아 있는 거의 유일한 인연인 K
언니와는 고등학교를 함께 다닌 사이였다. 기억 속에 어찌나
품이 넉넉한 사람으로 남아 있는지, 그녀를 떠올리면 나보다
훨씬 많이 자란 어른 같았던 씀씀이가 기억난다. 성인이 되
어 내가 부산으로 떠났을 때 그녀도 대학 생활을 위해 고성을
떠났다. 하지만 나보다 훨씬 일찍 가족 사업을 잇기 위해 돌
아왔다. 내가 미처 돌보지 못했던 우리 가족의 사정을 챙기곤
했던 그녀는 무척이나 신기한 존재였다. 그러지 않아도 될 이
유가 그래야 할 이유보다 훨씬 많은데도 일부러 우리 부모님
이 키우신 버섯을 주위에 선물하곤 했다. 살갑게 '어머니, 아
버지' 하며 내 부모를 불렀다던 그녀. 그 소식을 전해 듣고 빈
약하기 그지없게 내미는 나의 몇 마디 감사 표현을 훌훌 털어

내듯 사양하던 그녀. 그녀는 내가 고향에 돌아오자 늘 그랬던 것처럼 별거 아니라는 듯 안부를 물어 왔다.

"주연아, 밥 한번 먹자!"

커다란 차를 몰고 나를 데리러 온 언니는 여전히 나보다 훨씬 어른 같은 모습이었다. 익숙하게 핸들을 돌리는 것부터 쉴 새 없이 걸려 오는 사업 관련 전화까지 모든 게 그랬다. 그러면서도 살뜰히 우리 가족의 안부나 지금의 내 생활에 대해 물어봐 주는 게 고마웠다. 조금 직접적인 질문이어도 무례하다는 느낌 없이, 그저 다정함만이 전달되도록 묻는 것은 그녀만의 능력이었다. 오랜만에 만났지만 어색함 없이 이어진 대화는 익숙하면서도 새로웠다. 낯익은 얼굴을 맞대고 나누는 접점 없었던 시간에 대한 이야기들. 어쩌다 이런 표정을 갖게 됐는지, 어떻게 하다 이런 말투를 갖게 됐는지 설명하는 이야기들. 그리고 나보다 훨씬 일찍 고향에 돌아와 살고 있는 그녀가 들려주는 미처 몰랐던 사연들.

"그래서 걔는 요즘 어디 있노?"

결국 학창 시절을 공유한 사람들끼리의 대화는 정해진 종착지로 향한다. 우리의 기억 속에 동시에 존재하는 사람의 현재가 궁금해지는 것이다. 걔는 요즘 '어떻게 지내냐'가 아니라 '어디에 있냐'는 물음. 함께 아는 동창에 대해 이야기 나눌 때의 자연스러운 서두였다. 당연한 일이다. 그 동창이 누구건 간에, 고성엔 없을 것이기 때문에. 우리가 함께 아는 친구들은 열에 아홉이 전국 곳곳에 흩어져 있다.

흩어짐의 시작은 대학교 입학이다. 서울이나 경기도에서 태어나고 자란 이들은 대학 생활을 시작하면서도 고향을 떠나지 않는 일이 가능할 것이다. 하지만 우리는 상상도 할 수 없다. 대학교까지 학업을 이어 간다는 것은 필연적으로 고향을 떠나야 함을 뜻한다. 거기서부터 전국 곳곳으로 흩어지는 것이다. 대학교에 진학하지 않더라도 마찬가지다. 원하는 것을 배우기 위해서, 일자리를 찾기 위해서 고향을 떠난다. 가고자 하는 길이 무엇이든 지방은 그 길의 출발지가 될 순 있어도 도착지는 될 수 없다. 고등학교 때 가까이 지냈던 친구들을 떠올려 보면, 서울과 부산부터 시작해서 가까운 거리로는 창원, 진주, 먼 거리로는 강원도, 경기도까지 모두 훌쩍 날아가 버렸다. 짧게는 2~3년, 길게는 5~6년까지 타지 생활이 이어진다. 그렇게 고향을 벗어나 다른 곳, '도시 맛'을 봐 버린 아이들은 대부분 대학교를 다닌 그 도시나 비슷한 규모의 다른 도시에 자리를 잡았다. 그러곤 명절이 되어서야 고성으로 돌아왔다. 당연하고 어찌할 수도 없는 일이다.

충청도의 어느 대학교에 진학했다가 여러 도시를 맛본 후 결국엔 경기도 수원에 정착한 친구 J는 명절에 만날 때마다 이런 말을 했다.

"주연아, 나도 고성 와서 살까?"

꿈 많고 재능도 많은 J에게 도시는 많은 가능성을 지니고 있는 곳이었지만 매번 좌절을 맛보게 하는 곳이기도 했다. 마음에 상처를 받는 일이 생길 때마다 J는 그런 생각을 했던 모양이다. 가족들이 있는 고향으로 돌아와 살고 싶다는 생각. 하지만 금세 이런 말을 덧붙였다.

"그럴 수 없겠지? 여기서 내가 할 수 있는 일이 없잖아."

그럴 때마다 나는 무슨 말이든 해 주고 싶어 우물거리면서도 결국엔 시원한 대답을 내놓지 못했다. 내가 생각해도 그랬다. J가 고성에 돌아와서 스스로의 인생을 책임지며 살아갈 수 있을까? 그러기엔 그녀가 배운 일이나 쌓아 온 커리어는 이곳과 너무나도 동떨어진 것들이었다. 그렇다고 대단한 결심을 하고 새로운 길을 개척하기엔 그동안 꾸었던 꿈을 모두 접어 버려야 할 만큼 다른 생을 살게 될 것이다. 보통은 그런 식이었다. 성인이 되어 고향을 떠난 친구들은 그런 미래가 뻔히 보여서 돌아오고 싶지 않아 하거나, 돌아올 수 없거나 둘 중 하나였다.

지방을 살리기 위해선 청년 인구가 유입되어야 한다. 특히

나 지방 소멸의 수치를 매기는 지표이기도 한 '가임기 여성'의 숫자는 얼마나 눈금 하나하나 소중한가. 하지만 냉정하게 말해서 그들이 지방으로 살러 올 이유는 단 하나도 존재하지 않는다. 지방 중에서도 무엇 하나 내세울 특징이나 산업이 없는 곳에 대해서는 더욱 그럴 것이다. 도시를 떠나서 살 결심을 한 청년이 있다고 하더라도 그가 대한민국 수많은 지역 중 나의 고향을 알아차릴 확률은 아주 희박하다. 그래서 그나마 기대해 볼 것이 자신이 태어난 곳으로 돌아오는 귀향인구다. 그렇게 학업이나 진로상의 이유로 고향을 떠났다가 다시 귀향하는 인구를 U자형 인구로 표현한다. 그리고 그 대문자 U 자의 한쪽 끝을 붙잡고 돌아온 청년들은 딱 정해진 직업군을 갖고 있다. 공공기관에서 일을 하거나, 자영업에 종사하거나. 청년 농부들도 덧붙일 수 있겠다. 이들에겐 귀향이 '허락'되지만 동시에 감내해야 할 것들이 뒤따른다. 도시에서 실패했기 때문에 촌에 살러 왔다는 시선이다. 그 시선은 안타깝게도 내부로부터 시작된다. 누구누구 집 딸내미는 도시에 공부하러 갔다더니 다시 돌아왔더라, 아예 살러 온 거라대? 뭐시 잘 안 풀렸는갑지.

나와 K언니는 운 좋게 귀향이 '허락된' 직업군이었다. 나는 정확히 말하자면 반만 그랬지만. 경상남도를 돌아다녀야 하는 운명인데 어쩌다 지금은 고향에 올 수 있게 되었던 것이니까. 그래서 그녀와 나누는 이야기는 전혀 다른 직업에 종사하고 있으면서도 공통된 감정을 공유했다. 감내하고 이해해야 할 것들에 대한 한숨을 함께 쉬었다. 도시에서 보란 듯이 정착해 살고 있는 친구들에 대해 한 명 한 명 떠올릴 때면 그것 참 잘되었다는 안도와 함께 왠지 모를 침묵이 뒤따랐다. 또 어느 날 고향으로 돌아와 살고 있는 아무개가 어두운 얼굴로 읍내에서 목격되곤 했다는 이야기를 하면서는 쉽사리 단정하진 않되 내 일처럼 걱정이 됐다. 그도 쉴 새 없이 투쟁해야 할 텐데, 부디 무사히 웃어넘길 수 있게 되길 바란다는 마음으로.

　어쨌건 대부분은 이곳에 없다. 고향을 떠났고, 돌아올 이유를 찾지 못했으며, 돌아오고 싶다가도 길을 찾지 못하고 U자가 되는 대신 J자를 그리며 제3의 어느 곳에 머물러 버린다. K언니도, 나도 아주 대단한 사명감을 갖고 고향의 존폐를 걱정하거나 머리 싸매고 고민하는 것은 아니다. 다만 우리 주위에 보다 많은 인연이 머물렀으면 하는 것, 돌아오고 싶어 하는 친구에게 너 하나 먹고살 길 없겠냐는 말을 해 줄 수 있게 되었으면 한다. 그것이 아직은 너무 큰 바람인 것만 같아서, 분명 같은 생각을 하면서도 매번 뱉어 내지 못하고 말 밑으로

만 주고받았다. 우리라도 여기서 끝까지 버텨 보자는 전우애

같은 것을 나누면서.

별다방을 찾아서

고향으로 내려왔고 그 이유가 내 세상을 뒤흔드는 가족의 아픔 때문이었어도 어김없이 시간은 흘렀다. 나의 생일이었다. 어디에 있든 누구에게나 공평하게 시간이 흐른다는 사실은 때론 불안하지만 때론 행복하다. 생일로 일자가 바뀌는 자정이 지나고, 하나둘 축하 메시지가 도착했다. 대부분이 도시에 두고 온 인연들이었다. 덕분에 나는 도시로부터 잊혀지지 않았다는 묘한 안도감을 느꼈다.

[○○님이 선물을 보냈습니다.]

더 어렸을 때와는 다르게 생일 축하라는 것이 받으면 고맙지만 안 받아도 서운하지 않은 일이 되었다. 자기 삶을 챙기기만도 벅찬 일상에서 남의 생일을 기억하지 못하는 건 무척당연한 일. 그런데도 기억해서 축하한다는 말을 건넨다면 아주 고마운 일. 거기다 더해 선물까지 도착한다면 반드시 보답

해야 하는 일인 것이다. 귀향한 이후 맞은 첫 생일은 연이어 도착하는 선물 메시지에 반갑고 고맙다가 금세 난감해졌다. 그동안엔 느낀 적 없던 난감함이었다. 대부분의 사람들은 전국 곳곳 1,800여 개의 매장을 가진 별다방이 존재하지 않는 지역이 있으리라고 상상할 수 없나 보다. 있다고 하더라도 자신의 친구가 설마 그런 판타지 세계로 떠났으리라고는 생각하기 어려운 것일 수도. 가장 흔히들 선물하곤 하는 별다방 기프티콘. 누구나 무난하게 사용할 수 있어서 인기가 많다. 나 역시 여전히 도시에 살았더라면 기쁜 마음으로 받았을 것이다. 하지만 상황이 달라진 지금은 쿠폰이 쌓여 갈수록 마음이 점점 묘해졌다. 쓰지도 못할 쿠폰이 쌓여 가니 고마움과 기쁨마저 애매해진 것이다.

그렇다고 내가 원래 별다방을 아주 좋아하는 사람이었던 것은 아니다. 부산에 살 때도 누군가 가끔 보내오곤 하는 기프티콘 덕분에 들를 뿐이었다. 굳이 한 잔 가격이 학교 근처 식당의 밥값과 비슷한 커피를 내 돈 주고 사먹을 이유가 없었다. 분명 그랬는데, 참으로 이상하게도 막상 없으니 서운하고 아쉬운 것이다. 왠지 한 손에 사들고 출근해서 아침 업무를 시작하고 싶고(그런 적이 없었는데도) 휴일 오전에 앉아 빵과 커피를 시켜 놓곤 노트북을 펼치고 싶었다(그런 적이 결코 없없는데도). 원래는 사랑하지 않았던 것을 곁에 없으니 그리워하게 되는 아이러니는 무엇일까. 아마도 그 존재가 내가 도시에 두고 온 많은 것들, 혹은 도시 그 자체처럼 느껴지기 때문이라고 짐작해 본다.

"고성에 별다방 하나만 생기면 소원이 없겠어요."

슈크림 맛이 나는 시즌 메뉴를 그토록 좋아한다는 회사 동료와 푸념하듯 대화를 나눴다. 물론 그럴 가능성이 없다는 것을 충분히 알고 어느 정도의 체념을 전제로 한 대화였다. 그래서 더 실없이 웃으며 가볍게 주고받을 수 있는지도 몰랐다. 가능성이 실낱만큼이라도 있으면 진지하게 분석이라도 할 텐데 그런 것이 아니었으니. 그녀는 내가 별다방의 커피 맛을 아주 사랑하는 사람인 것으로 믿었는지, 대뜸 내게 근처 지역에 있는 대형 마트의 별다방으로 커피를 사러 가자고 말했다. 그토록 노래를 불렀으면서 정작 그녀의 권유에 선뜻 따라나서지 못했던 것은 실제로 내가 그리웠던 게 별다방이 아니었기 때문일 것이다. 하지만 결국 우린 어느 휴일 오후에 만나 함께 옆 도시의 마트로 향했다.

마트까진 30분 남짓 국도를 달려야 했다. 고향에 온 후 면허를 따긴 했지만 아직 읍내 말곤 차를 몰아 본 적이 없었다. 그런 나를 조수석에 싣고 그녀는 콧노래를 흥얼거리며 운전대를 잡았다. 그날 우린 오로지 별다방을 위해 만난 사람들이었다. 대형 마트를 함께 둘러보고 소소한 물건을 몇 가지 사긴 했지만 목표는 오직 음료 한 잔. 코로나가 창궐하던 때라 좌석이 모두 테이블에 거꾸로 엎혀 있었다. 세련된 음악이 흐르는 매장에 앉아 시간을 보내지 못하는 게 아쉬웠다. 우린 테이크아웃한 커피를 들고 차로 향했다. 아쉬운 마음에 함께 산 케이크도 손에 들려 있었다. 우린 그것만으로도 꽤 즐거워져서 음악을 들으며 이야기를 나누었다. 그녀는 그 슈크림 맛이 나는 시즌 메뉴를 마시기 위해 이 여정을 곧잘 즐긴다고 했다. 그러면서 이 커피가 마시고 싶으면 언제든 함께 가자고, 나는 당신이 원한다면 함께 가 줄 준비가 되어 있노라고 덧붙였다. 그 다정한 마음이 고마웠다. 30분 정도를 다시 달렸을까, 집 앞까지 데려다준 그녀에게 한 손에 커피를 든 채로 손을 흔들었다. 그녀와 꼭 다시 한번 커피를 사러 가고 싶었다. 커피 한 잔을 테이크아웃하러 두 시간을 외출한 사람이 되었지만 아무렴 어떨까. 웃음이 만면한 채로 방에 들어와 마시다만 커피에 입을 댔다. 그새 약간 식어 버린 커피와 눅눅해진 종이 빨대, 물에 젖은 냄새가 나는 홀더가 느껴졌다. 커피는 별로 맛이 없었다. 기억 속의 그 맛이 아닌 것만 같다. 그러자 만면했던 기쁨이 쪼그라들었고, 순식간에 조금 부끄러워지기까지 했다. 내가 원했던 것의 부질없음이 너무나 적나라하게 목구멍을 타고 흘렀다.

문제는 이곳에 별다방이 없다는 사실이 아니다. 철저히 장사가 될 만한 곳에 직영점만을 내어준다는 기업의 잘못이 아니고, 원래 없는 채로 존재했을 뿐인 내 고향의 문제는 더욱 아니다. 중요한 건 절대적인 것이 아니라 상대적인 것에 있었다. 나에겐 없지만 누군가에겐 있다는 사실. 내가 휴일에 시간을 내어 마음 고운 이의 차를 얻어 타고 인근 지역으로 가야만 맛볼 수 있는 시즌 메뉴를 누군가는 아침 출근길에 들러 테이크아웃할 수 있다는 사실. 내 인스타그램 피드엔 없는 주말 오전 한적한 카페 풍경이 누군가의 피드엔 장식되고 있다는 사실이다. 나는 소셜 미디어를 적당히, 무관심과 효용의 균형을 맞춰 가며 잘 이용하고 있다고 생각했다. 하지만 내가 할 수 있는데 안 하는 것, 혹은 갈 수 있는데 안 가는 것이었던 무언가가 이제는 하려야 할 수 없는, 가려야 갈 수 없는, 맛보려야 맛볼 수 없는 것이 되는 순간 결핍과 질투가 생겨 버리는 것이다.

그렇다고 지방엔 좋은 카페가 없냐고 묻는다면 이곳의 자영업자들에게 미안할 일이다. 절대 그렇지 않다. 별다방을 그리워하는 것이 미안할 정도로 훌륭한 맛과 고유의 이미지를 갖고 있는 카페가 많다. 심지어 어느 카페는 감탄이 나올 정도로 트렌디하기까지 하다. 사진을 찍어 인스타그램 피드에 올릴 때 '#고성카페'라는 해시태그만 붙이지 않으면 어느 도시의 유명한 카페처럼 보일지도 모른다. 문제는 언제나 마음에서 온다. 아니면 인스타그램 피드라든가.

가지지 못한 것에 대한 선망의 화살이 반대로 시골로 향했던 때도 없진 않다. 많은 이들이 아주 잠깐 시골살이에 대한 호기심과 흥미를 가졌던 때가 있었다. 김태리 주연의 영화 〈리틀 포레스트〉가 개봉했던 때였다. 영화에선 도시엔 없는 시골의 무언가가 아주 은은하고 아름답게 그려졌다. 도시의 팍팍함에 좌절한 청춘들이 도피처럼 고향으로 돌아왔다가 시골의 평화로움 덕분에 치유의 시간을 보낸다. 주인공은 직접 재배한 제철 나물로 음식을 해먹고 꽃을 꺾어 전 위에 올린다. 막걸리를 만들어 친구들과 나누어 먹으며 옛날 이야기에 취하고, 별이 빛나는 하늘을 올려다보며 삶에 있어 진짜 중요한 것은 무엇인지 곰곰히 이야기한다. 아마 시골을 화면 속에서만 경험한 사람들은 영화를 보며 생각했을 것이다. 저곳엔 그토록 찾아 헤매던 평화와 안정이 있을 것만 같다고, 언젠가 한번쯤 저런 삶을 살아 보고 싶다고. 결국엔 도시의 결핍이 멋진 배우들이 그려 내는 아름다운 장면으로 전시되었을 때

반짝 관심을 얻었던 셈이다.

어쩌면 시골에서 느끼는 결핍의 일부는 같은 맥락으로 해석할 수 있겠다는 생각이 들었다. 대체할 것이 존재하는데도 계속해서 도시의 것으로 향하는 열망, 똑같은 것이어도 왠지 도시물 먹은 것이 더 근사할 것만 같다는 이상한 짐작 말이다. 각종 매체를 통해 전시되는 세련된 도시의 풍경들을 내가 아닌 누군가가 누리고 있다는 상대적인 박탈감. 물론 실제적인 문화 격차에서 오는 많은 것들이 존재하고, 나 역시 터무니없이 실망하거나 허탈했던 적이 많지만, 경험하거나 시도해 보면 꼭 '격차'인 것만은 아닐 수도 있다. '차이'라거나 '다름'으로 표현이 가능할지도. 도시엔 유행하는 메뉴를 먹어 볼 수 있는 별다방이 있지만 이곳엔 로컬의 맛을 내는 특별한 카페들이 있고, 많은 수의 영화를 상영하는 대형 영화관은 없지만 '세상에서 제일 작은 영화관'이라는 별칭을 가진 아담한 상영관에서 화면을 가까이 볼 수 있다. 내가 좋아하는 방탈출이나 보드게임처럼 특정한 문화를 즐길 수 있는 기회는 없을지라도, 다른 사람들이 주말마다 찾아 헤매는 푸르른 풍경을 창문만 열어도 눈에 담을 수 있다. "이것도 없어?"라는 말이 "이런 게 다 있네."라는 말로 바뀔 때, 늘어난 여백 속에 희망이 비집고 들어올 수 있을 것이다.

이제 나는 행여나 누군가 별다방 기프티콘을 보내오면 "도시 나들이 갈 때 고맙게 잘 쓸게!"라는 말로 인사한다. 그러면 상대방은 "도시 나들이라니 ㅋㅋ 시골 사람 다 됐네!"하는 말로 대답한다. 그러면 나는 다시 "나 원래 시골 사람이야!"라는 말로 대답을. 이런 대화가 나쁘지 않다. 이제 나는 시골에 살게 되었으니 별다방은 가끔 도시로 나들이 갈 때나 들르겠노라 선포하는 일이 즐겁다. 오히려 더 특별해진 기분까지 느낀다. 너는 별다방 많은 도시에 살고 나는 별다방 없는 시골에 살지만, 너랑 나는 서로를 존중하고, 서로가 사는 곳을 이해하고, 각자가 사는 곳을 사랑하고, 그런 서로를 배려하고. 그러면 된 것이라고. 그리고 이왕이면 별다방 빼곤 도시엔 없는 많은 것이 존재하는 이곳으로 네가 놀러 와 보는 것도 좋겠다고.

새삼스러운 젊은이

 '새삼스럽다'는 감각은 소중히 여기는 것이 좋다. 새삼스러움을 느끼는 것은 똑같은 일상에서 특별한 감정 한 줄기를 건져 낼 수 있는 가장 효과적인 방법이기 때문이다. 예를 들면 이런 것이다. 아침마다 내려 먹는 캡슐 커피의 커피 줄기가 새삼스럽게 고운 색으로 보이는 날엔 보온병을 들고 걷는 출근길이 내내 행복하다. 늘 함께하는 연인의 눈빛이 새삼스럽게 곧아 보이는 날엔 저 눈이 날 바라보는 일이 더 경이롭고 애틋하게 느껴진다. 늘 가던 장소에 다를 것 없이 머물러도 새삼스럽게 인식되는 어떤 감각이 있으면 새로운 서사가 펼쳐진다. 이곳의 향기는 참 좋았구나, 저 화분의 꽃은 햇빛을 향해 간절하게도 피었구나. 물론 늘 긍정의 방향으로 새삼스러움이 생겨나는 건 아니다. 언제까지나 그 자리에 있을 것 같던 사람이 죽을지도 모르는 병에 걸렸다고 했을 때, 새삼스럽게 느껴지는 우리의 관계성과 내 삶에 차지한 그의 비중은 순식간에 마음을 무너뜨린다. 행복한 쪽이든 그렇지 않은 쪽이든 그런 새삼스러운 순간들엔 꼭 글이 쓰고 싶어진다. 살아내는 것이 아니라 살아 있다는 느낌이 들고, 그 감정을 반드시 기록해야만 할 것 같은 의무감까지 생겨난다.

　　10년 동안 부산이라는 도시에 살다 다시 고향으로 돌아왔을 때 내 삶의 새삼스러움은 밀도를 한껏 높였다. 온 사방이 익숙하면서도 이상하고, 사랑스러우면서도 안타까운 것들 투성이였다. 가장 먼저 인상적으로 다가온 건 다름 아닌 개구리 소리였다. 비가 내렸다 그쳤던 어느 날, 퇴근길에 들려오는 개구리 울음소리가 깜짝 놀랄 정도로 커다랬다. 정말 깜짝 놀랄 정도로. 바로 옆에서 들려오는 것만 같아서 행여나 발끝에 채일까 걸음까지 멈추었다. 이 사실이 무척 이상했던 것은, 내가 걷고 있었던 길이 이 지역에선 가장 번화한 곳이었기 때문이다. 시골과 어울리지 않는 하얀 색깔의 네 컷 사진 가게가 들어서고 맞은편으로는 프랜차이즈 커피숍이 목 좋은 곳에 자리 잡고 있었다. 그런 길 한복판이었던 것이다. 그렇게 바로 귓가에서 울어 대는 생명의 소리라니. 부산에선 퇴근할 때 술에 취한 이들이 질러 대는 악소리에 소스라친 적은 많았어도, 다른 어떤 생명의 소리가 이토록 가깝게 다가온 적은 없었다. 무척이나 이질적이고 새삼스럽게 느껴졌다. 그리고 그 순간, 내가 고향에 돌아온 것이 아주 분명한 사실이 되어 다가왔다. 개구리 울어 대는 소리가 증거가 되어 귓가에 꽂힌 것이다. 어쩐지 가슴이 철렁, 하고 내려앉았던 것 같다. 다시 돌아올 일이 없을 것 같았던 곳에 살기 위해 왔다는 사실과 그렇게 되기까지의 일들이 누군가 버튼을 누른 듯 머릿속에 재생되었다. 새삼스럽게 뭘, 하고 넘길 수도 있었지만 그 재생 버튼을 개구리가 눌렀다는 사실이 특별했다.

그 일뿐만이 아니었다. 고향으로 돌아왔던 해의 가을은 무척이나 가물었다. 사실 그동안엔 가물든 말든, 비가 얼마나 뜸을 두고 내리든 나와는 별 상관이 없는 일이었다. 뉴스 기사로나 몇 줄 읽고 '그렇구나' 하고 넘겼을 것이다. 심지어 나는 요리를 하지 않아서 채소 값이 얼마나 올라가든 그런 것도 상관이 없었다. 하지만 그 가을은 달랐다. 새삼스럽게 흙이 쩍쩍 갈라져 버린 일이 얼마나 서글픈 일인지 깨달아 버렸다. 아스팔트 위를 걷는 것이 당연하고 흙은 일부러 거기 두어야만 존재하는 것처럼 느껴졌던 날들엔 전혀 관심 없었던 일이었다. 하지만 이곳에선 뉴스를 보지 않아도, 굳이 일기예보를 찾아보지 않아도 시시각각으로 느낄 수 있었다. 날이 가물수록 사람들의 표정도 함께 가물어 가고 있다는 것을. 마늘 농사가 잘 안 돼서 어머니가 힘들어하신다는 동료의 말이나 인사처럼 오갔던 "가물어서 큰일이에요."하는 말들. 모든 것들이 처음엔 의아했고 갈수록 새삼스러워졌으며 최후엔 완벽하게 그들과 동화되어 나 역시 진지하게 걱정하기 시작했다.

"비가 언제쯤 올까요?"

그리고 마침내 함께 기다리던 비가 왔을 때는 기분이 무척 좋았다. 원래는 애써 매만진 머리카락이 내려앉기 때문에 비 오는 날이 성가셨다. 우산을 챙기는 것도 손이 무거워져 싫었다. 그랬던 비 오는 날이 다른 의미로 변하는 순간이었다. 그날 도서관에 오는 이용자들은 하나같이 늘 하던 인사말을 바꿨다. 서로의 안부 대신 땅의 안부를 물었다. "반가운 비가 내리네요." 하는 말과 함께였다. 새삼스러움은 이렇게 일상을 바꿀 수도 있었다.

그리고 그런 모든 일을 통틀어 무엇보다 가장 새삼스러웠던 것은 따로 있었다. 바로 '젊은이'의 존재였다. 다섯 손가락을 넘지 않는 모교의 신입생 수, 나를 고립시키려 작정한 것이라고 느껴졌던 잔혹하기 그지없던 대중교통 상황, 무척이나 소중하게 느껴지는 아이라는 존재. 그것들이 내 눈앞에 가져온, 소멸을 목전에 둔 고향의 현실. 그런 일들을 겪으면서 내게 있어 고향은 너무나도 사랑하지만 동시에 불안하고 불편한 곳처럼 느껴졌다. 그래서 이곳의 길거리를 걷고 있는 저 젊은이들이 너무나도 의아하고, 신기하고, 특별하게 느껴진 것이다. 전혀 없을 것 같이 느껴지는 존재들이 이곳에 산다. 모두가 떠나는 것만 같은데 어떤 이들은 새로이 이곳으로 살러 온다. 주위에 대학교도, 이렇다 할 기업도, 누릴 만한 문화도 없는 이곳에. 다른 도시에선 이상할 것 없는 젊은이의 존재 자체가 신기하게 느껴지는 이곳에. 저들은 대체 왜 이 길을 걷고 있을까? 이곳에 사는 사람일까? 사는 사람이라면 왜 하필 여기서 사는 걸까? 잠시 다니러 온 사람이라면 어떤 이유로 오게 된 걸까? 나도 모르게 지나다니는 사람들을 눈여겨보고, 고민하고, 혼자 질문하는 시간들이 이어졌다. 대답 없는 질문들이 자꾸만 쌓여 고향으로 돌아온 1년 남짓한 시간 동안 차곡차곡 몸집이 불어 갔다. 불어 가는 의문의 몸집만큼 마음이 무거울 수밖에 없었다.

사실 저런 질문이 생긴다는 것은 개인적으로도 특별한 일이었다. 내성적이고 타인에게 관심을 두지 않는 성격에 낯을 많이 가리는 내향인. 그런 내가 길을 걷다 마주치는 젊은이들을 붙잡고 말을 걸고 싶은 지경에 이른 것이다.

"왜 이곳에 계신 거예요?"

그런 욕망이 시작이었다. 이곳 청년들의 삶이 궁금하고,

묻고 싶다는 욕망. 새삼스러운 저 존재들을 더 깊이 알고 싶다는 욕망. 가까워지고, 들여다보고, 그러다 어쩌면 속마음을 털어놓으며 가끔은 불평하고 자주 위로할 수 있지 않을까 하는 기대. 처음엔 그저 그런 마음 하나로 생각했다. '커뮤니티'를 만들어 보자.

　내가 쓰고자 하는 글은 그런 것이다. 지방에 사는 청년 당사자로서 겪는 아주 새삼스러운 존재들에 관한 이야기. 스스로 귀한 존재인 줄도 모르고 살아가는 사람들에 대한 이야기. 그저 열심히 살아갈 뿐인 젊음들에 대한 이야기. 특별한 감정 한 줄기 건져 낼 수 있는 '새삼스러운' 것은, 반드시 기록해야만 하기 때문에.

등에 박혀 있는 것

마치 사명이라도 주어진 것처럼, 잊고 있던 계시라도 깨달은 것처럼 '사라짐'에 대해 고민하는 날들이 이어졌다. 일하거나 잠자거나 먹거나 교류하지 않는 나머지 시간에 생각하고 또 생각했다. 덕분에 내 곁의 사람들은 지구에서 제일 자주 저 모호한 단어를 경험한 생명체가 되었다. 혼자 고민하다 못해 주위에 물어 댔기 때문이다. 하지만 당연하게도, 더 이상은 입 밖에 꺼내기 민망하게도 내 삶에 달라지는 것은 없다. 시간은 흐르고 우리는 사라짐에 가까워지고 있으며 기적이 일어날 기미는 보이지 않는다. 오히려 손아귀에 힘을 주기보다 풀어야 한다는 것, 붙잡기보다 흘려보내야만 하는 삶에 대한 깨달음만 선명해질 뿐이다. 사라짐에 저항하지 않고 순응하는 것이 현명할지도 모른다는 슬픈 예감과 함께. 그런데도 나는 아직 순응하는 방법을 모르겠다는 자책과 함께. 그

선명해진 것들은 자꾸만 내 등을 간질이는 기억 속으로 나를 데리고 간다.

친언니의 대학교 졸업식 날이었다. 언니와는 같은 대학교를 다녔는데, 2년 터울이라 겹친 기간이 있었다. 휴학을 번갈아 가면서 했기 때문에 내내 같이 지냈던 것은 아니지만 함께 기숙사에 살았던 때도 있었다. 우리는 가끔 북문 앞 편의점에서 만나 라면, 샌드위치, 삼각김밥 따위를 함께 골랐다. 언제나 허기져 있을 때라 셋이서 먹어도 충분할 양을 둘이서 먹겠다고 샀다. 가끔은 학교 앞 거리에서 옷 쇼핑을 할 때도 있었지만 별것 아닌 먹을거리를 살 때가 훨씬 더 즐거웠다. 그렇게 양손 가득 비닐봉지를 들고 북쪽 문을 통과해 기숙사로 들어갔다. 기숙사 건물은 상당히 낡았고 늘 북적였다. 우리가 졸업한 뒤 몇 해 지나지 않아 안전진단 D등급을 받아 허물어졌으니 우린 그곳의 마지막 모습을 기억하는 세대가 되었다. 지금은 신축 아파트 못지않은 멋들어진 시설이 새롭게 지어졌다. 우연히 들른 모교에서 그 신선한 풍경을 바라봤을 때 나는 그곳의 옛날 모습을 떠올렸다. 편의점 비닐봉지를 손에 들고 기숙사 휴게실에 자리를 잡고 앉았던 언니와 나의 모습을.

우리는 컵라면이 익는 동안 샌드위치를 먹으며 이런저런

얘기를 나눴다. 언니는 나랑 같으면서도 달랐다. 특히 목소리와 말투가 닮아 있었지만 시험기간이 가까워지면 다른 점이 훨씬 두드러졌다. 언니는 시험공부를 거의 마친 상태로 나를 만나러 왔고 나는 이것만 먹고 공부해야지 하는 비장한 마음으로 언니를 만났다. 나는 그때마다 언니에게 말했다.

"어떻게 시험 공부를 벌써 끝내노?"

그러면 언니는 그런 걸 묻는 내가 오히려 의아하다는 듯이 말했다.

"원래 시험 전날엔 다 아는 걸 확인만 하는 거다."

생각해 보면 지금도 그렇다. 언니는 늘 미리 걱정하거나 끝내 놓고, 나는 뒤늦게 시작하느라 허덕이는 일이 많았다. 어쨌든 언니는 그렇게 늘 미리 공부를 끝내 놓더니 과 수석도 모자라 단과대학 수석으로 대학교를 졸업했다. 나에게 그 일은 당연한 수순처럼 느껴졌다. 언닌 늘 두드러지게 빛나는 사람이었으니까. 덕분에 엄마는 물론 부산에 사는 이모까지 단상 위에 올라갈 언니를 위해 졸업식에 모였다.

졸업식이 진행되는 체육관은 이름만 여러 번 들었지 한 번도 가 본 적 없는 곳이었다. 산을 깎아 지어져서 늘 헉헉거리며 올라야 하는 학교의 가장 꼭대기에 위치한 체육관. 학교 입구 가장 가까이에 있는 인문대학에 다녔던 나로서는 더욱 갈 일이 없는 곳이었다. 나에겐 낯선 그곳에 더 낯선 모습으로 언니가 있었다. 졸업 가운을 두르고 학사모를 쓴 언니는 이름이 불리자 당당하게 단상 앞으로 나가 졸업증서를 받았다. 언니의 졸업장에는 금색의 훈장이 박혀 있었다. '최우등 졸업'을 하면 받게 되는 특별한 상징이라고 했다. 그렇게 낯선 언니와 낯선 장소에서 엄마가 우리 학교에 와 있는 낯선 상황까지, 나는 그 속에 녹아들지 못하고 당사자가 아닌 주변인인 채로 여기저기 두리번거렸다. 아주 많은 가족들이 모여 있었지만 그곳이 편안해 보이는 사람들은 그리 많지 않았다. 그 사실이 조금은 위로가 됐다. 덥지 않게 내리쬐는 밝은 햇살이 어른과 아이의 경계에서 어설프게 웃고 있는 졸업생들을 비추고 있었다.

어느 순간 내 시선이 멈춘 곳엔 나와 비슷한 모양새로 어색하게 방황하고 있는 또 다른 주변인이 있었다. 중절모를 쓰고 커다란 카메라를 목에 건 채 꼿꼿이 서 있는 노인. 신기하게도 등이 하나도 굽지 않은 노인. '사진 찍어 드립니다.'라는 문구가 적힌 나무판이 그의 등에 업혀 있었다. 나무판에 붙어 있는 사진들에는 지금 눈앞에 있는 졸업생들과 다를 바 없는 어느 학생과 가족들이 꽃다발을 손에 든 채 체육관을 배경으로 미소 짓고 있었다. 그런 사진들이 여러 장이었다. 사진에 빛이 바랜 것은 둘째로 치더라도 그들의 옷차림만 봐도 꽤 오래전 사진인 것을 알아차릴 수 있었다. 왠지 눈길을 떼기 힘든 그 사진사로부터 겨우 시선을 돌렸다. 계속 바라보고 있으면 눈이 마주칠까 두려웠고 눈이 마주친다면 그것 자체로 실례가 될 것 같았다. 나는 얼른 엄마와 언니 곁에 가서 섰고 우리끼리의 사진을 찍기 위해 자리를 잡았다. 졸업식 현수막과 체육관을 배경으로 찍고 싶었지만 사람이 너무 많아서 쉽지 않았다. 이리저리 각도를 바꾸는 동안에 아까 봤던 노인의 모습과 등에 박힌 것처럼 고정되어 있던 사진들이 머릿속에서 떠나지 않았다. 사진 속의 장면은 이곳과 같은 공간인데 어째서 이질적인 평화로움이 담겨 있을까. 지금은 이렇게 혼을 쏙 빼놓을 만큼 정신이 없는데 사진 속에선 고요하고 정돈되어 있었다.

정신없이 사진을 찍고 이제 돌아가자며 발길을 뗐을 때였다. 어디선가 볼멘소리가 들려와 고개를 돌렸다. 아까 그 사진사와 어느 가족이 보였다. 학사모를 쓴 학생은 애써 짜증을 누르는 티가 역력한 목소리로 말하고 있었다.

"요즘에 메일로도 안 보내 주는 게 어딨어요. 그럼 사진 파일은 어떻게 받나요?"

노인은 벌겋게 익은 얼굴로 재차 설명하는 눈치였다. 불러

주신 주소로 사진을 보낼 것이라는 말의 반복이었다. 사진을 찍은 가족들은 그들 나름대로 곤란한 표정이었다. '이래서 내가 찍지 말자니까'라는 딸의 불만 섞인 말도 들려왔다. 다시 전과 같은 이유로 그들을 외면했다. 계속 보고 있으면 눈이 마주칠까 봐, 눈이 마주친다면 그것 자체로 왠지 노인에게 상처를 주게 될 것만 같아서. 아까보다 더 눈에 띄게 되어 버린, 그곳에 녹아들지 못하고 철저히 주변인인 채로 툭 튀어나와 버리게 된 노인을 지나쳐서 언니에게로 갔다.

사실 그 가족이 사진사에게 무례했다고 할 수는 없었다. 답답함에 언성이 높아지긴 했지만 짜증을 드러내지 않기 위해 애쓰는 듯한 목소리였고, 부모로 보이는 이들도 난처한 표정만 지을 뿐 말을 덧붙이지 않았다. 딸이 하는 이야기에도 공감이 갔다. 요즘엔 사진 실물을 간직하는 것보다 휴대폰으로 주고받을 일이 많은데 파일을 받을 수 없다니. SNS에 업로드하거나 메신저 프로필 사진으로 사용할 수 없다면 무용지물이나 마찬가지였다. 비싼 돈을 주고 찍는 것에 비해 어처구니없는 서비스라고 느끼는 것이 당연했다. 나였어도 그랬을 것이다. 다만 내내 신경이 쓰였다. 한때는 저 장소에서 당당한 역할로 존재했을 노인이 앞으로는 영영 주변인인 채로 방황해야 할 것이라는 사실이. 세상의 흐름을 거스를 능력과 의지가 부족한 존재의 소멸 과정을 목격했다는 사실이. 못 볼 것을 본 것만 같았다. 하지만 능력이나 의지가 있다면 이야기가 달라지긴 했을까. 답을 어렴풋이 알고 있는 질문을 일말의 희망을 담아 내 안으로 던졌다.

이후에 이어진 식사 자리에서 괜스레 이야기를 꺼냈다. 요즘에도 저런 사진사가 있는 모양이라고. 그렇지 않아도 서울에 있는 어느 고궁의 사진사가 사라지고 있는 직업의 주인공으로 매체에 등장한 적이 있었다. 그런 이야기를 가볍게 나누다 금세 언니의 졸업으로 화제가 바뀌었다. '안타깝지만 어쩌겠어.' 모두가 그렇게 생각했을 것이다. 세상의 흐름을 쫓아가지 못하면 도태되는 건 당연한 이치니까. 그 도태되는 현장 한가운데에 내가 있게 될 줄을 그때까지만 해도 꿈에도 몰랐다.

요즘 그가 자주 생각난다. 과거의 호시절을 등에 붙여 놓고 낡은 카메라를 만지작거리던 사진사. 끝난 것을 끝이 아닌 양 붙잡고 있었던 사람. 혹은 붙잡고 있을 수밖에 없었던 사람. 또 어쩌면 이미 끝이 난 줄을 아직 모르고 있었던 사람. 그 사진사는 여전히 졸업식 시즌이 되면 체육관 앞에서 카메라를 멘 채 서성이고 있을까? 아니면 흐르는 강물처럼 다른 자리를 찾아갔을까? 그런 질문들은 이어서 나 자신에게로 향한다. 나는 이제 어떤 선택을 해야 할까. 나 역시 어쩌면 이미 끝난 것을 끝이 아닌 양 붙잡고 있는 것일 수도 있고, 혹은 그럴 수밖에 없는 것일 수도 있고, 이미 끝이 난 줄을 나 혼자 모르고 있는 것일 수도 있다. 고향이 사라지는 것, 안타깝지만 어쩌겠어. 그럴 만한 이유가 있으니 도태될 수밖에 없지. 다들 마음 한구석으로 그렇게 생각하고 있을까. 나는 카메라 대신 펜을 쥔 채로 이 자리를 지켜야 할지 혼란스럽다. 아무것도 알 수 없지만 유일하게 분명한 건 내 등에도 무언가 박혀 있다는 것이다. 손으로 만져야만 정체를 알 수 있는 어렴풋한 호시절. 그것이 자꾸만 따끔거린다.

소외와 관심 사이

"그래서 무엇을 할 수 있을 것인가"에 대한 질문은 계속해서 머리 위를 맴돌았다. 마치 구름처럼. 손에 잡힐 듯 잡히지 않게 허상과 현실의 경계에 있는 것처럼. 완전한 나의 질문인 것 같았다가 영원히 남의 질문일 것 같기도 한. 고향에 돌아와 보니 모교의 신입생 숫자가 0을 향해 수렴해 가고, 어린이와 젊은이들의 존재가 아주 귀하게 여겨지고, 눈에 불을 켜고 찾아본 결과 그들이 존재는 한다는 것을 알게 되고, 그래서 청년들을 모아 커뮤니티를 만들어 보자는 결심까지는 섰는데 그 일이 의미가 있는 일이냐는 것에서 자꾸만 생각이 멈췄다.

원래 일을 진행하는 것에 있어 큰 망설임이 없고 스스로를 과신하는 면이 있는 나는 '일단 저지르고 보자'는 성향을 가진 사람이다. 분명 내성적이고 소심하다고 하지 않았냐고 누군가 물을 수 있지만, 사람은 누구나 양면적인 모습을 갖고 있지 않은가. 사람 앞에선 한없이 내성적이지만 주어진 일 앞에선 돌진했다. 청년 커뮤니티를 만드는 것에 있어서도 이 성향이 한몫했다. 일단 만들고 보자, 관심 있는 사람은 찾아오겠지. 하지만 모임을 운영하는 것의 '의미'를 찾는 질문은 일단 발을 내딛은 이후에도 오랫동안 나를 괴롭혔다. 누군가 그 의미에 대해 질문을 던져서 그런 것이 아니었다. 내가 물음표를 던지고 스스로의 행동을 인정하는 과정이었다. 특히 모임이 예상하지 못했던 방향으로 흘러가거나 문제점이 발견되기라도 하면 덜컥 겁이 나면서 동시에 저런 근본적인 질문이 떠오르는 것이었다. '이 모든 게 무슨 의미일까.'

나는 본업이 따로 있기 때문에 청년 커뮤니티를 운영하고 알리고, 개발하는 일에 쓸 수 있는 에너지와 시간이 한정되어 있었다. 또한 본업의 신분으로 인해서 자유롭지 못한 부분이 있었고 그럴 때마다 의욕이 넘치는 마음과 달리 포기해야만 하는 일들이 조금씩 생겨났다. 그래서 "무슨 의미가 있는가"에 대한 질문의 답을 찾는 데에도 오래 걸렸던 것일 수 있다. 온 마음을 쏟고 정성을 쏟지 못해서, 답을 찾는 일에 간절하지 않기 때문에. 정답은 좀 더 간절한 이에게 빨리 모습을 드러내야 공정한 것이니까. 그리고 그런 생각은 또다시 자책의 화살촉을 벼려 스스로를 조준하게 했다. 최선이 되려면 시간이든 정성이든 있는 대로 긁어모아 더 내놓아야 한다는 생각에 내가 나를 압박했다. 그러면서도 한편으론 그냥 이대로 우리끼리 즐거우면 누가 뭐라고 하겠냐고 중얼거렸다. 그런 생각들 사이에서 수시로 흔들렸다. 그럴 때마다 흔들림을 잡아 주는 유일한 것은 곁에 있는 다른 청년들의 표정과 표현들이었다. 거창할 필요도, 더 애쓸 필요도 없이 그저 서로가 서로를 알게 되어 기쁘다는 말을 주고받는 멤버들을 보고 있자니 '저것 자체로 의미 있구나' 하는 생각이 자연스럽게 굳어졌다. 오히려 정의나 근거, 수치 같은 것들을 찾고 도출해 내려 할수록 서로의 존재에 대한 순수한 기쁨이 퇴색되어 가는 것만 같았다. 그래서 이 글을 쓰는 시점, 모임을 운영한 지 2년이 넘어가는 지금에서는 그저 서로를 알게 되는 것과 이 지역에서 환대받고 환대해 본 경험을 갖는 것만으로 충분하다는 생각을 하게 되었다. 그것이 결국 우리끼리의 관계, 나아가 지역에 대한 미련과 애정으로 이어진다면 더할 나위 없을 것이었다.

관계인구라는 정의가 지역 소멸에 대해 이야기하는 사람들 사이에서 흔하게 오르내리는 것은 이상한 일이 아니다. 나역시 당장 발등에 불이 떨어져 놀란 가슴을 움켜쥐고 지방 소멸에 대한 서적이나 기사들을 뒤적일 때, 깜깜한 어둠 속에서 유일한 빛처럼 느껴진 것이 '관계인구'라는 것이었기 때문이다. '관계인구'란 살러 오거나 살고 있는 '정주인구'와 관광 등을 목적으로 일시적으로 방문하는 '교류인구'의 사이에 위치한다. 애정과 무관심의 중간에서 지역에 특정한 관계를 맺고 정기적, 혹은 비정기적으로 찾아오는 사람을 말한다. 이 추상적인 존재에 희망을 느낀 것은 당연한 일이었다. 당장 청년들이 지방에서 먹고살 수 있도록 뾰족한 방법을 내놓을 순 없다. 그런 상황에서 지역에 대한 애정과 약간의 실천으로 지탱하는 관계인구라는 존재는 굉장히 매력적으로 느껴질 수밖에 없었다. 시도해 볼 만한 일이라는 생각이 들었다. 고성이라는 지역에 관심을 갖게 하고 찾아오게끔 하는 일은 대단한 사람이 아니어도 할 수 있지 않을까. 내세울 만한 이력이나 권위가 없어도 이루어 낼 수 있지 않을까. 그런 생각들은 뜬구름 같았던 청년 커뮤니티 기획이 흔들리면서도 피어날 수 있게 한 단단한 뿌리 중 하나가 되었다. 그리고 이 커뮤니티로 관계인구를 생성할 수 있을 것이라는 확신은 시간이 지날수록 점점 선명해지고 있다.

왜 하필 커뮤니티인지에 대한 해답도 오래도록 찾아 다녔다. 사실 내 안엔 확신이 있었다. 지방에 살러 온 청년들에게 무엇보다 중요한 건 동료, 환대, 함께하는 기억, 그것으로 인해 생겨날 연대라는 것을. 하지만 '그런 것보단 먹고사는 일이 더 중요하지 않아?'라는 질문 앞에선 자꾸만 작아졌다. 맞는 말이라고 생각했고 '하지만 그 일은 내가 어찌할 수 없잖아.'라는 대답밖에 못 하는 스스로가 작게 느껴졌다. 저 추상적인 것들의 가치에 공감해 주는 목소리를 찾고 찾다가 발견했다. 지역 문제에 대해 직접 발로 뛰고 연구하며 그 연구에 대한 결과물을 책으로도 펼쳐 내고 있는 '더가능연구소'라는 곳이 있다. 그곳에서 2021년 출간한 《로컬에서 청년하다》는 청년 또래 커뮤니티에 대한 중요성을 말한다. 지역에 살러 온 청년들을 계속 살기 힘들게 하는 것 중 하나가 지역의 무관심과 올드 커뮤니티에서의 소외감이라고 꼽고 있다. 지방에는 커뮤니티가 존재하지 않는 것이 아니다. 다만 새로운 청년이 '끼어들 수 있는' 커뮤니티가 없는 것이다. 책은 청년 당사자가 '청년 감수성'을 갖고 주체가 되어 만든 또래 커뮤니티로 이런 문제를 해소할 수 있다고 말한다. 사실 청년 외의 주체들에게는 그럴 필요성이나 감수성 자체가 존재하지 않는다고.

지방 소멸이 가시화될수록 청년이 중요하게 대두되고, 정책과 지원이 적지 않게 쏟아지고 있다. 그런 추세를 긍정적으로 바라보고 있지만 과연 얼마만큼의 진정성과 실효성이 담겨 있는지는 의문이다. 나 역시 지방에 살고 있는 청년 당사자로서 어리둥절할 때가 많다. 지역이 청년의 삶에 대해 진심으로 '고민'하긴 하겠지만 '연구'하고 있느냐는 것에 대해서 말이다. 어느 정책이든 마찬가지지만 사각지대에 있는 청년들이 너무 많다. 모든 청년이 창업을 하기 위해 지역에 오는 것은 아니다. 결혼이나 출산에 대한 지원은 이미 지역에 살기로 마음먹은 청년들에게 해당한다. 나는 그런 대표적인 지원 정책들에 해당하지 않는 청년들에게 집중하고 싶었다. 직장 발령 때문에 이 지역에 덜컥 살게 되었거나, 연고도 없고 직장도 없고 아무것도 없지만 우연히 이 지역에 기웃거리게 된 청년들. 그런 청년들을 정책으로 지원할 수 없다면 무형의 것일지라도 커뮤니티가 해 줄 수 있는 것이 있다고 생각했다. 가시적인 성과나 수치, 결과물이 나오는 것에 대해서만 주목하는 일에서 벗어나야 한다. 지금 당장 눈앞에 보이지 않더라도 청년의 갈망과 우울에 집중해야만 한다.

한때 김현경 사회학자의 저서 《사람, 장소, 환대》를 게걸스럽게 탐독했다. 한창 고향과 청년에 대해 고민하기 시작할 즈음에 이 책을 접했다. 애타게 해답을 찾듯 책을 읽어 내려갔다. 책에 적힌 활자들이 지금의 지방에서 청년 커뮤니티가 왜 필요하며 청년끼리 관계를 맺으며 즐겁게 지내는 것이 왜 중요한 것인가에 대한 정답의 나열로 읽혔다. 책은 우리가 '환대에 의해 사회 안에 들어가 사람이 된다'고 말한다. '사람이 된다는 것은 자리 혹은 장소를 갖는 것'이고 '환대는 자리를 주는 행위'라는 설명도 덧붙인다. 또한 '사람임은 일종의 자격이며, 타인의 인정을 필요로 한다'고 말하고 있다. 연고 없이 고성에 발령받아 온 어느 청년은 주말 동안 고향에 갔다가 다시 고성으로 돌아오는 버스 안에서 하염없이 눈물이 났다고 했다. 고성에 오는 길이 감옥에 갇히러 오는 것 같았다고. 그 청년은 결국 3개월을 겨우 채우고 직장을 그만뒀다. 고향에 돌아가는 길엔 감옥에서 해방되는 기분이었을까? 또 다른 청년은 분노 섞인 목소리로 말했다. 지방은 원래 알던 사람들끼리만 살기 좋은 곳이라고. 관의 행정에서나 일상생활에서 빼곡하게 느낀다고 했다. 알음알음이 통하는 상황에서 철저히 소외되는 자신을. 그렇다면 생각해야만 한다. 이들에게 이런 상황을 털어놓을 수 있는 로컬 사람, 혹은 당장 만나 마음을 나눌 수 있는 지인이 존재했다면 그렇게나 외로워했을까? 나는 아니라고 생각한다. 결국 환대받지 못한 젊음들이 이 작은 지방 사회에서 사람이 되지 못한 채 유령처럼 떠돌고 있는 것이다. 소외감과 외로움을 느끼는 사람은 결국엔 떠날 수밖에 없다. 자기 자리가 없는 곳에 끝까지 남아 있을 이유가 없기 때문에.

그래서 그들을 환대해 주는 일, 사회 구성원으로서 자리를 만들어 주는 일, 동료를 만들어 주는 일, 나아가 당신은 사람임을 확인시켜 주는 일을 해야겠다고 생각했다. 고성군에서 2023년 실시한 〈청년사회경제실태조사 결과보고서〉를 통해서 고성에 거주 중인 청년들의 다양한 현황에 대해 알 수 있다. 보물찾기처럼 희망을 찾기 위해 뒤적이다 이런 결과를 확인했다. 3년 후에도 고성에 정주할 것이라고 답한 청년은 현재 거주 중인 청년의 49.3%이고, 그렇게 대답한 이유 중 27.3%가 '가족과 지인'이 차지했다. 단연 가장 큰 이유는 학교 및 직장이었지만, 먹고사는 일 외에는 인간관계에서 오는 유대감이 청년들을 붙잡을 수 있다는 것이다. 이 단서는 희망으로 다가왔다. 가족은 만들어 줄 수 없겠지만 지인은 만들어 줄 수 있다. 적어도 이 지역에서 당신이 소외의 대상이 아님을, 환대받아야 마땅한 대상임을 확인시켜 줄 순 있다. 이곳에 당신의 자리가 있다고 선언해 줄 수 있다. 여전히 '무엇을 할 수 있을 것인가'라는 질문의 명확한 답을 찾진 못했다. 그렇지만 선명해진 부분이 있다. 지역의 청년 당사자가 직접 주체가 되어야만 해낼 수 있는 일이 있다는 것. 그것은 그리 거창하지도, 대단하지도 않고 눈에 보이는 결과물을 낼 수 있는 일도 아니지만 청년에게 이곳에 살 용기를 심어 줄 수는 있다. 그게 바로 청년 커뮤니티가 결심하고 해나가야 하는 일이라는 확신이 점점 강해졌다.

2장

지방
낭만
소생기

누군가 하려고 했던 일

아이들의 웃음소리보다 개구리 울음소리가 흔한 곳, 소멸 위기 지표로 새빨갛게 물든 곳. 그런 지방에서 청년 커뮤니티를 만들어야겠다고 결심했을 때, 이야기를 들은 주위 사람 중 절반쯤은 내가 받을 상처가 미리 걱정된다는 얼굴로 말했다. 몇 명이나 모으는 걸 목표로 하고 있냐고. 얼마나 모이겠느냐는 물음을 꾹 삼킨 투였다. 나 역시 숫자에 대한 큰 기대는 없어서 다섯 명쯤 모이면 좋은 출발 아니겠냐고 말했다. 그렇지 않아도 적은 청년 중에서도 뜬금없이 나타난 모임에 선뜻 함께할 사람이 많지 않을 것이라고 짐작했다. 알던 사람을 반기고 새로운 사람은 경계하는 어쩔 수 없는 지역 분위기에 대해 잘 알고 있기 때문이기도 했다. 원래 그런 성향이 아닌 청년들일지라도, 환경은 사람을 금방 물들이곤 하는 법이다.

도시에는 다양한 종류의 청년들이 골고루 모여 있다. 여유 시간이 없도록 아주 바쁜 직장인들도 있지만 반대의 경우도 가짓수가 많다. 대학생부터 휴학생, 비교적 일과 일상의 균형이 잡힌 직장인들. 하지만 이곳은 조금 달랐다. 내가 보고 겪은 이곳의 청년들은 하나같이 여유 시간이 많지 않았다. 정확히 말하자면 여유 시간이 없을 수밖에 없는 청년들이 모여 있다고 해야 할 것이다. 매체에서 보여 주는 한가롭고 평화로운 시골의 모습과는 아주 다르다. 대학교가 없기 때문에 대학생이나 휴학생은 당연히 없었고 그 또래의 청년들이 이곳에 보인다면 취업 공부를 하기 위해 고향에 와 있는 경우가 대부분이다. 그들은 직장인들보다도 더 바쁘고 마음에 여유가 없는 법이므로 이런 모임에 참여할 수 있을 리가 없었다. 또 기업이나 회사가 많지 않기 때문에 청년들이 다닐 만한 직장이 여의치 않아 자연스레 자영업을 하는 이들이 많다. 그들은 우리가 모임을 갖게 될 저녁 시간대에 가장 바쁠 사람들이었다. 그러니 모임을 통해서 인연을 맺기는 어렵겠다는 생각을 했다. 또 다른 경우로 직장 때문에 발령받아서 온 청년들이 있을 것인데, 그들은 보통 정해진 연수를 채우면 다른 곳으로 옮겨갈 것이 예정되어 있었다. 참여는 가능하겠지만 곧 떠날 것이 분명한 이곳에서 얼마나 관계를 형성하고 싶어 할지 미지수였다. 이런 이유들로 '소소하게 출발하는 것도 좋겠지.'

라는 생각을 하며 미리 스스로를 위로했다. 하지만 모든 예상은 보기 좋게 뒤집히게 된다.

　모임의 존재를 알리기 위한 수단으로 선택한 것은 인스타그램이었다. 이유는 명확했다. '인스타그램'이라는 것 자체가 하나의 필터로 작용할 것이라는 생각 때문이었다. 즐길 만한 문화생활을 찾아 헤매는 요즘 청년들이 뭘 가장 많이 활용할까를 고민해 보니 SNS, 그중에서도 인스타그램이라는 답이 나왔다. 모임의 이름 '청년낭만살롱'을 걸고 계정을 개설하는 것이 첫 번째였다. 주소는 'gs_culture_salon'. 고성의 머리글자를 가장 앞세운 것은 이 지역에 드디어 이런 모임이 생겼다는 것을 알리고 싶은 마음에서였다. 서울도 아니고, 부산도 아니고, 다른 인근의 어떤 도시도 아닌 경상남도 고성군에서 생긴 모임이라는 것을 드러내고 싶었다. 사람들이 보고 신기해했으면 좋겠고, 흥미를 가졌으면 좋겠다는 생각을 했다. 거기서부터 사람들은 무언가 새로운 움직임이 생기고 있다고 느낄 것이었다. 그 다음엔 첫 게시글로 올릴 안내문을 만드는 데 심혈을 기울였다. 우리 모임이 어떤 생각에서 출발한 모임인지, 어떤 방향을 가고자 하는지를 정확하게 말하고 싶었다. "멀리 가지 않고 곁의 낭만을 찾는 고성 청년들의 모임". 고민 끝에 모임을 정의 내린 말이었다. 이 정의는 지금까지도 우리 모임을 나타내는 데 제격이다. 그동안엔 문화생활을 즐기기 위해선 근교 도시로 나가야만 했는데, 그러지 않고 우리가 있는 바로 이곳에서 낭만을 찾을 것이라는 포부. 우리가 원하는 건 다른 것 아닌 '낭만'이라는 고백. 그것이 담긴 이 한 문장이 그때나 지금이나 무척이나 마음에 든다.

[#고성청년 #고성모임 #고성영화모임 #고성청년모임 #고성동아리]

해시태그를 달고 첫 게시글을 올렸다. 이런 모임을 만들었으니 알아 달라, 관심 있는 청년들은 연락을 달라는 메시지를 적어 넣었다. 그리고 이런 말을 덧붙였다. '목마른 이가 직접 우물을 판 청년들의 모임'. 나처럼 목이 말라 있던 청년들은 부디 나타나 달라는 마음이 담긴 말이었다. 그렇게 첫 게시글이 올라가고, 전혀 두근거림 없는 기다림의 시간이 이어졌다. 왜 두근거림이 없었냐 하면 아무런 반응이 없는 게 당연하다고 생각했기 때문이다. '설마 첫 게시글로 바로 반응이 오겠어?'라는 생각이었고 앞으로 차근히 콘텐츠를 업데이트하면 한두 명쯤 연락이 올 것이라 생각했다. 그토록 SNS의 힘을 얕봤다는 말이다. 얕보는 너에게 저력을 보여 주겠다고 결심이라도 한 듯, 게시글이 올라가고 몇 시간이 채 지나지 않았는데 곧바로 인스타그램 메시지DM가 울렸다.

[안녕하세요.]

잠잠하던 가슴이 두근거리기 시작했다. '아니, 이게 되네?' 막상 연락이 오니 두려운 마음 반, 어떤 사람일지 궁금한 마음 반. 뛰는 심장을 꾹 누르고 상대방 계정을 타고 들어갔다. 인스타그램을 모집 창구로 선택한 것에는 그런 이유도 있었다. 이런 모임에서 가장 경계해야 할 것이 불순한 목적을 갖고 접근하는 사람을 막는 것이라고 생각했다. 인스타그램은 그 사람의 계정을 확인할 수 있으니 그런 경우를 사전에 차단할 확률을 높일 수 있을 것이었다. 그의 계정에 들어간 순간, 나도 모르게 웃음이 터졌다. 공교롭게도 나의 본 계정과 이미 친구가 맺어져 있는 '아는 사람'이었던 것이다. 도서관에서 일을 하며 알게 된 몇 안 되는 청년 중 한 명이었다. 그렇다곤 해도 이렇게 첫 게시글을 올리자마자 메시지가 온 것이 너무나도 신기했고, 그게 하필 이 사람인 것도 반가운 일이었다. 나는 아주 즐거워져서는 곧바로 답을 보냈다.

[나야, 나! 주연이예요.]

그러자 돌아온 반응은 왠지 모르게 실망한 듯한 장난기 섞인 이모지였다. '누군가 했네, 안 그래도 이런 모임을 만들고 싶었는데, 네가 선수 쳤네.'라는 말들이 무척이나 든든하게 느껴졌다. 흔쾌히 함께하고 싶다는 의사를 밝히는 그를 보면서 굉장한 안도감이 두꺼운 이불처럼 나를 감쌌다. 기대하지 않았다곤 하지만 나도 모르는 사이 긴장하고 있었던 게 그제 야 느껴졌다. 내 메시지가 '진짜' 고성 사람들에게 가닿는구 나, 기다리고 있었던 것처럼, 나처럼 찾아 헤매던 청년들이 진짜로 이곳에 있구나. 특히 '안 그래도 이런 모임을 만들고 싶었는데'라는 말이 와닿았다. 내가 하려는 일이 누군가에게 는 자신도 하려고 했던 일, 하고 싶었던 일, 일어났으면 했던 일이구나. 해도 되는 일이 맞구나. 지금까지도 변함없이 누구 보다 발 벗고 나서 도와주고 있는 첫 메시지의 그에게 새삼스 럽게 감사의 마음을 전한다. 이 정도면 훌륭한 첫발을 디뎠다 는 생각이 들게끔 해 주었으니까. 두 번째 발을 내딛을 용기 가 생겼다면 그걸로 괜찮은 시작인 것이 틀림없으니까. 청년 낭만살롱은 이제 시작이었다.

우린 대체 어디로 가야 하나요

읍내 한가운데에 푸른 논밭이 공존하는 풍경. 늦은 저녁, 노곤하게 취한 시끌벅적한 음성과 개구리 울음소리가 같은 오선지에서 연주되는 장면들. 청년 모임을 운영하기 시작한 뒤로는 이토록 아름다운 곳을 만끽하면서 마냥 즐겁거나 평화로울 수가 없었다. 바람에 이리저리 흔들리며 생명이 영글어 가는 넓은 논밭을 볼 땐 한숨이 터져 나왔다. 때론 여기저기서 눈에 띄는 버려진 공터를 볼 때마다 마음이 안달 나 마른침을 삼켰다. 질척이는 논밭이든, 으스스한 공터든 컨테이너 하나라도 이고 지고 와서 세우고 싶은 심정이었다. 그리곤 유성 매직으로 아무렇게나 써 두는 것이다. '청년낭만살롱', 청년들이 모이는 공간. 차라리 그거면 충분할 것 같았다.

첫 시즌 멤버를 모집하는 게시글을 올리고 얼마 지나지 않아 처음 예상했던 소모임 규모의 인원이 훌쩍 넘어갔다. 예상을 벗어나는 일이었다. 대여섯 명이라도 모이면 참 소중하겠다고 생각했었는데 커뮤니티와 문화 콘텐츠를 찾아 헤매는 청년들이 기대 이상으로 많았다. 오히려 계속해서 도착하는 참여 메시지에 최대 인원을 몇 명으로 정해야 할지 결심해야 하는 순간까지 왔다. 이토록 목마른 청년들이 많았구나, 하는 고무된 감정도 잠시. 많은 인원의 기대감을 느낀 만큼 신중해야 한다는 생각이 들었다. '대화'를 주된 콘텐츠로 하는 모임의 성격과 오롯이 나와 친언니 단둘이서 관리해야 한다는 점을 고려해서 최대 인원을 정해야 했다. 마음 같아선 청년들을 있는 대로 다 끌어모으고 싶고, 호기심이나 흥미라도 가지고 있다면 일단 함께해 보자고 말하고 싶었다. 하지만 청년들의 성향이 미처 파악되지 않은 상태에서 너무 많은 인원과 함께하는 건 모험이라고 생각했다. 그러한 고민 끝에 정한 인원은 스무 명이었다. 그렇게 인구 5만이 안 되고 20~30대 인구는 7천 명이 넘지 않는 경남 고성군에서, 스스로 문화를 만들고 낭만을 찾겠다는 청년 스무 명이 모였다.

이제 본격적인 만남을 갖기 위해 가장 먼저 해결해야 할 것이 모임 장소를 구하는 일이었다. 사실 첫 만남의 장소 섭외에는 그다지 큰 고민이 필요하지 않았다. 정식으로 모임을 시작하기 전 서로에 대해 알아 가는 자리를 구상했기 때문이다. 그저 빔 프로젝터와 마이크 등 제반 시설이 있고 스무 명 정도의 인원이 수용 가능하기만 하면 충분했다. 금방 머릿속에 청년센터가 떠올랐다. 군에서 운영하고 있는 곳으로, 2021년에 문을 열어 훌륭한 시설을 갖추고 있는 곳이었다. 공간마다 다양한 기능을 갖고 있어 선택지가 넓었다. 오리엔테이션을 운영하기에 적절한 장소도 마치 우리를 위한 것처럼 준비되어 있었다. 그렇게 우리는 청년센터 1층의 밝고 넓은, 하얀색의 천이 덮인 어여쁜 원형 테이블에 둘러앉게 되었다. 모임은 모자람 없이 진행되었다. 그렇다면 대체 왜 청년이 모일 공간이 없다는 것인지, 나는 왜 논밭과 공터와 빈집을 보며 입맛을 다시게 되었는지를 말하려면 그 후의 일들을 설명해야 한다.

우리 모임의 고정적인 정규 콘텐츠는 공통된 영화를 보고 난 뒤 화두를 던지고, 함께 모여 대화를 나누는 것이다. 단순해 보일 수 있는 구성이지만 무르익은 대화는 시간과 공간을 확장시킨다. 영화를 관람한 뒤 어떤 화두를 던질지 고민하다 보면 자연스럽게 각자의 삶이 투영된다. 그 각자의 삶이란 것은 늘 경이로울 정도로 다양해서 같은 영화를 보고서도 비슷한 화두를 던지는 경우는 거의 없었다. 질문들은 예상을 벗어나 깊고 넓었다. 그런 질문들로 시작된 대화는 자연스럽게 삶을 침범했다. 이름을 제외한 다른 모든 개인정보가 익명인데도 말을 주고받다 보면 잘 아는 사람처럼 느껴지기도 했다. 익명이기에 자유로울 수 있고, 껍데기 안쪽의 존재 자체를 대하게 되는 흔치 않은 시간 덕분이었다. 그렇게 일상을 내려놓고 서로의 생각과 감정을 공유했으면 했다. 자신도 모르는 사이에 만들어질 은은한 연대에 젖어 삶에 대한 괴로움을 털고 가는 것이, 그런 방식으로 이곳에서의 삶에 숨통이 트이도록 하는 것이 모임의 목적이었다. 그런 이상적인 방향으로 흘러가도록 하는 것에 '공간'이 얼마나 중요한지 짐작할 수 있을까? 나는 모임을 운영하는 당사자로서 책임감을 가진 시선으로 바라보기 전까진 미처 알지 못했었다. 공간이 주는 힘을.

그저 스무 명이 앉을 수 있는 의자만 있으면 되는 것이 아니었다. 음료를 올릴 테이블, 마주 보고 앉을 정도의 공백만 있다고 저절로 낭만이 생겨날 리가 없었다. 나는 시작부터 욕심이 컸다. 대화를 통해 삶이 충만해짐을 느끼는 경험, 막혔던 숨통이 트이는 경험, 내가 언젠가 겪었던 그 살아 있는 느낌을 빈틈없이 전달하고 싶었다. 그러기 위해선 감정이 고조될 수 있는 분위기, 대화 나누기에 적절한 밝기의 조명, 마음을 녹일 배경 음악, 대화에 푹 빠져 두세 시간이고 자리에서 일어나지 않아도 허리가 편안할 의자가 필요했다. 그런 것들이 죄다 욕심이 났다. 하지만 실현하려 애쓰기도 전에 1차적인 문제에 먼저 부딪혔다. 청년 스무 명을 수용할 수 있는 공간, 그 자체를 찾을 수가 없었던 것이다. 오리엔테이션을 진행했던 청년센터의 홀은 인원은 수용이 가능했지만 대화 나누기에 적합한 공간은 아니었다. 너무 밝고 소리가 울리는 구조였으며 대부분의 날짜에 청년센터의 수업이 차 있어 대관 일정을 잡기가 어려웠다. 또 위치가 읍내에서 조금 벗어난 곳이라 자차를 갖고 있지 않다면 참여하기가 어려웠다. 게다가 우리가 모이는 시간은 평일 저녁 19시부터였으므로 21시에 문을 닫는 청년센터에서 진행하기에는 시간이 매우 빠듯했다. 그런 사실을 인식하자 발등에 불이 떨어졌다. 당장 진행해야 할 정규 모임 날짜는 다가왔고 읍내 공공기관, 카페, 심지어 술집으로까지 범위를 넓혀 찾아봤지만 이 정도 인원을 수용할 수 있고 두세 시간 정적으로 앉아 대화를 나눌 만한 공간은 존재하지 않았다.

답답한 마음에 이제 갓 모인 멤버들에게까지 도움을 요청해서 장소를 찾기 시작했다. 모임을 만들 생각을 했던 시점부터 염두에 뒀어야 할 문제라는 생각이 들어 민망하기도 했다. 이토록 모임의 규모가 커질 줄도 몰랐거니와 도시에서 오래 지내다 온 탓에 이곳의 상황을 미처 파악하지 못했던 것이 잘못이었다. 내가 취미 모임을 경험해 왔던 도시에선 길 건널 때마다 눈에 띄는 것이 모임 공간이었다. 그래서 공간 구하는 일이 이토록 난감할 것이라는 생각 자체를 못했던 것이다. 그 때부터 나는 퇴근 후 안 하던 산책을 하기 시작했다. 휴대폰을 주머니에 찔러 넣은 맨손으로, 이어폰을 꽂지 않은 맨귀로 정처 없이 걸어 다녔다. 읍내의 카페나 술집, 그 비슷한 공간들을 목적지로 삼았다. 그러는 동안에 마주치는 죽은 공간들 앞에서도 멈춰 섰다. 장식처럼 붙어 있는 거미줄만이 유일한 생명의 흔적인 공간들. 제 기능을 잃은 지 오래된 채로 '임대'라는 글자조차 붙어 있지 않은 텅 빈 건물들. 그런 곳을 뿌연 창문 너머로 바라보며 머릿속으로 그렸다. 널찍한 테이블이 두세 개 정도 놓이고 벽에는 책장도 두어 개 세워져 있고, 빔 프로젝터로 영상이 상영되며 음질 좋은 스피커에서 뭉클한 음악이 흘러나오는 상상. 그 상상 위로 하나둘 모이는 청년들의 존재까지. 죽은 것 위에 미래를 그려 보다 안 떨어지는 걸음을 떼곤 했다. '언젠가, 반드시'라는 내 안에서만 완결된 문장을 중얼거리면서. 그러기를 꽤 여러 번 반복하고도 적당한 공간은 찾기가 어려웠다. 앞으로 정기적으로 한 달에 한 번씩 모여야 하는데 어떡해야 하나, 한숨만 나왔다.

애타게 돌고 돌다 첫 모임 장소로 정한 곳은 청년 모임을 따뜻한 눈으로 바라봐 주시는 어느 사장님이 계신 카페였다. 멤버 중 한 명이 추천한 곳으로, 나도 방문한 적이 있는 곳이어서 얼마나 멋진 공간인지는 잘 알고 있었다. 비록 전체를 대관할 여건이 되지 않아 카페 좌석을 절반으로 나눠 다른 손님들과 함께 사용해야 했지만 사장님께서 많은 편의를 봐주셨다. 식물이 많아 푸릇한 기운이 감돌고 밝은 조명에 탁 트인 분위기가 아름다운 곳이었다. 하지만 대화를 나누기엔 어떨지 알 수 없었다. 불안하고 떨리는 마음을 뒤로하고 첫 모임이 다가왔다. 참여한 인원은 열여섯 명 정도였다. 드물게 많은 청년들이 여러 테이블에 걸쳐 나눠 앉아 어색하고도 진지하게 대화를 나누고 있는 광경은 남들이 보기엔 어땠을까. 나로서는 긴장되면서도 감동적일 따름이었지만 카페에 온 다른 손님들은 달랐다. 신기한 눈으로, 또 의아한 눈으로 우리를 바라봤다. 아랑곳하지 않았다고 말할 수 있다면 좋겠지만 우리는 그 시선을 무척이나 신경쓰면서도 카페의 마감 시간까지 꽉 채워 대화를 나눴다.

　나름 좋은 시간을 보냈지만 매번 이럴 수는 없겠다는 생각이 들었다. 마감 시간까지 공간의 절반을 차지해 가며 다른 손님들과 서로 불편한 상황을 만드는 게 죄송했다. 그렇게까지 폐를 끼칠 엄두가 도저히 나지 않았다. 그래서 또 다른 공간을 찾기 시작했다. 자꾸만 내 머릿속엔 검색 몇 번으로 손쉽게 예약할 수 있었던 도시의 수많은 모임 공간들이 생각났다. 그곳엔 모임을 위해 필요한 모든 것이 준비되어 있었다. 분위기에 따라, 주제에 따라 내키는 곳을 골라잡을 수도 있었다. 그런 곳이 여기 한 군데라도 있다면 이 청년들에게 끝내주는 모임을 제공할 수 있을 것 같은데. 나도 모르게 도시의 것을 그리워하고 있었다. 하지만 결핍이 존재한다는 걸 모르고 시작한 게 아니었다. 없으면 없는 대로, 없기 때문에 더 낭만적일 수 있는 문화를 만들어 보자는 결심으로 시작했었다. 그래서 공간을 찾아 방황하고 전전하는 시간을 포기하지 않았다. 가장 적당한 곳이 카페였으므로 공간이 넓고 마감 시간이 넉넉한 곳을 찾아 모임을 한 번씩 진행해 보기도 하고, 결국 여의치 않아 청년센터로 돌아가기도 했다. 블루투스 스피커와 사비로 구입한 조명, 분위기를 끌어내기 위한 소품과 다과를 직접 준비해 갔다. 하지만 역시나 21시라는 마감 시간에 쫓겼고 대화를 돕는 여러 요건들을 포기해야 했다. 나중에는 고맙게도 한 멤버가 운영하는 카페에 터를 잡았다. 우리가 전전했던 수많은 카페들 중 가장 모임을 위한 것들이 갖춰져 있는 공간이었다. 단단하고 넉넉한 나무 테이블과 따뜻한 주황빛의 조명이 근사했다. 그녀는 사려 깊게도 우리 모임이 있는 날엔 마감 시간을 늦추기도 했다. 지금도 우리는 그녀의 카페에서 종종 모임을 갖지만, 공간에 대한 아쉬움은 오래도록 나를 간질였다. 그러는 사이 답답함이 쌓여 갔고 논밭과 공터를 보며 한숨 쉬기를 여러 번, 마침내는 읍내 빈집 시세와 내 통장 잔고를 비교해 보는 지경에까지 갔던 것이다.

소멸지표로 빨갛게 물든 지방. 사람이 살지 않아 비어 있는 빈집은 어렵지 않게 찾을 수 있었다. 우리가 모일 공간이 마땅하지 않다면, 앞으로도 찾을 수 있는 희망이 적다면 얼마나 허름하든 마음껏 모여 대화할 수 있는 공간을 직접 만들어야겠다는 오기가 생겼다. 여러 부동산에서 올려놓은 매물을 둘러봤고 은행에 가서 대출하는 상상까지 여러 번 머릿속에 그렸다. 주위에서 진정시키는 손길들이 없었더라면 사실 저질러 버렸을지도 모른다. 하지만 결국 실행에 옮기진 못했다. 내 삶의 많은 부분을 포기하면서 만들어야 할 공간이 얼마나 환영받을지, 언제까지 필요로 될지 알 수 없어서 무서웠다. 이렇게까지 해야 하나 스스로 질문을 던졌을 때 '반드시 해야 한다'는 확신이 없었던 것이다. 무엇보다 용기가 없었다.

그래서 관에 대한 원망이 자라난 것도 사실이었다. 내부에서 자라난 의지와 희망이 갈 곳을 잃자 공공에서 도와줬으면 하는 마음이 절실했다. 인구 혁신과 청년 친화는 지역에서 중요하게 내세우고 있는 과제 중 하나였다. 그러니 이렇게 스스로 모여든 청년들의 말에 조금이라도 귀를 기울여 줬으면 하는 마음이 컸다. 군에서 청년들의 목소리를 듣겠다며 실시한 설문조사에 우리는 모두 '공간'에 대한 중요성을 호소했다. 다른 지역에서 청년들을 위해 속속들이 만들어 내는 자유로운 복합 문화 공간들이 너무나도 부러웠다. 그런 호소의 말을 던진 지 2년이 넘게 지났지만 변화는 더디다고 생각했다. 여러 사정이 있겠지만 원망을 더 키우지 않기 위해서는 많은 애를 써야 했다. 어쩌면 공간을 만드는 것보다 선행되어야 할 더 중요한 것들이 있다는 것에도 공감하며 마음을 달랬다.

하지만 지역이 살아나길 바라는 사람은 나 하나뿐만이 아니었고 시간이 흐르면서 다양한 각도로 변화를 꾀하는 사람들이 나타났다. 내가 서성거리고 아쉬움만 흘렸던 빈집들을 멋진 공간으로 바꿔 내는 간절한 시도를 보았다. 그중 촌캉스 숙소로 바뀐 빈집에서 우리는 그토록 원하던 모임을 가졌다. 자유롭고 낭만적인, 도시의 것을 전혀 닮지 않아 아름다운 곳이었다. 시간의 제한도 없었고 마당에서 피어난 모닥불이 훌륭한 조명이 되어 주었다. 밤하늘의 별빛이 그려 낸 듯 선명했고 태블릿으로 재생한 음악은 주위의 적막과 어우러져 완벽한 분위기가 만들어졌다. 몇십 년은 비어 있었을 이 공간에

색을 입힌 것은 간절함과 열정으로 군과 협력한 한 청년이 해 낸 것이었다. 무너져 내린 대들보를 다시 다지고 벗겨진 페인 트를 덧칠한 그의 노력은 상실한 시간을 넘어 고유한 공간을 만들어 냈다. 도시와 비교도 안 되는, 비교할 필요도 없는 지 역만의 공간이었다. 모임을 시작한 뒤 두 번의 사계절을 보냈 고, 지역이 변하고 있음이 서서히 느껴진다. '우린 대체 어디 로 가야 하는 걸까'라고 생각했던 수많은 날들이 있었다. 저 공터 한가운데 컨테이너만 한 공간이라도 우리 자리를 만들 고 싶다, 그런 입속이 마르는 생각의 연속이었다. 그래서 기 쁘다. 우리가 존재할 수 있는 공간이 점점 더 생겨나고 있다 는 가능성, 그러길 바라고 노력하는 또 다른 청년 주체들. 절 망에서 희망으로 바뀌어 간다. 그 문자의 치환 또한 더할 나 위 없이 낭만적이다.

첫 만남은 카페인의 맛

청년 문화 불모지, 청년 인구 7천 명이 안 되는 시골에서 스스로 문화를 만들어 보자는 야심 찬 목표를 내건 '청년낭만살롱'. 우여곡절 끝에 스무 명의 멤버가 모집 완료되었다. 멤버 모집만으로도 기적이 일어난 기분이었지만 이제부터가 진짜 시작이었다.

본격적인 모임을 시작하기에 앞서 오리엔테이션이 마련되어야 한다고 생각했다. 전에 없던 모임이 생겨난 것에 대해 많은 이들이 궁금해했고, 약간의 경계가 내포된 것은 참여 의사를 표시한 이들도 마찬가지였다. 용기를 내어 다가와 준 열여덟 명의 청년에게 우리가 수상한 목적을 가진 사람이 아님을 설명할 필요가 있었다. 이제 와 하는 말이지만 의심에 가득 찬 시선을 받고 어떠한 사익도 추구하지 않는 순수한 모임임을 해명하는 일은 이후에도 꽤 길게 반복된다.

인스타그램 게시글에 모임의 성격을 소개해 두긴 했지만 모두가 같은 생각을 하고 있는지는 미지수였다. 그저 허기진 젊음을 채울 수 있다면 무엇이든 괜찮았던 것일 수도 있다. 하지만 우리 모임은 '낭만'과 '대화'라는 확실한 목적과 수단을 갖고 있으므로 충분히 서로를 이해할 시간이 필요했다. 또한 각자의 이름을 제외한 다른 어떤 정보도 밝히지 않는 익명을 내세웠으므로 처음 만났을 때의 어색함을 깨기 위한 필연적인 계기를 만들어야 했다. 그래서 기획한 것이 아이스 브레이킹Ice breaking이었다.

반대로 우리 역시 모여든 청년들이 어떤 사람들인지 살펴보고 싶었다. 우리의 방향성을 명확히 알게 된 이후에도 함께하겠다고 할지가 궁금했다. 호기심에 참여 의사를 밝혔다가 생각했던 것과 다른 방향에 실망하게 될지 모를 일이었기 때문이다. 친목 모임이라길래 가볍게 즐길 수 있는 유흥성의 만남을 바랐는데 깊이 있는 대화를 요구하는 모임 방식에 거부감을 느낄 수도 있을 터였다. 이런 애석한 일은 모임을 운영하는 입장에서 최대한 피하고 싶은 일이었다. 마음을 내어 환영했는데 출발부터 동상이몽이라면 서로에게 상처가 될 것이 뻔했다. 그런 이유로 희망자들은 오리엔테이션을 한번 경험한 이후 완전한 참여 의사를 밝히기로 하였고, 우리는 심판대에 오르는 것마냥 떨리는 마음으로 첫 만남을 준비하기 시작했다.

얼음을 깨듯 가볍게 서로를 알아보자는, 혹은 탐색해 보자는 의미로 오리엔테이션을 열어야겠다고 생각했다. 하지만 막상 준비를 시작하니 고려할 점이 한두 가지가 아니었다. 일단 최대 스무 명의 청년들이 수용될 만한 공간을 찾아야 했다. 첫 만남이니만큼 경쾌한 분위기의 공간이었으면 했다. 삼삼오오 모여 이야기 나누기 좋되, 진행자에게 집중할 때도 불편하지 않아야 했다. 빔 프로젝터와 스크린이 필요했고, 마이크와 음향 시설이 있으면 더할 나위 없을 것이었다. 이런 모든 조건을 충족하는 곳이 군에서 운영하는 청년센터 1층에 존재하고 있었던 것은 두고두고 행운으로 생각한다. 이후에 겪게 될 공간을 찾아 헤매는 어려움을 늦출 수 있었기 때문이다. 그렇지 않았더라면 처음부터 커다란 장애물을 느껴 겁먹었을 것이 분명하다.

고성군 청년센터 1층에 위치한 다모아홀은 깨끗한 하얀색 테이블보가 덮인 둥근 탁자가 여러 개 있었고, 파스텔톤의 의자가 테이블마다 다섯 개씩 둘러 놓여 있었다. 여러 용도로 사용되는 공간이어서 다양하게 조명을 활용할 수 있었고 빔 프로젝터와 스크린이 미리 설치된 곳은 아니었지만 이

125

동식 설비를 가져다준다는 약속을 받았다. 청년센터의 담당 주무관은 우리 모임의 인스타그램 계정이 생기고 얼마 지나지 않은 시점부터 먼저 우리를 팔로우한 사람이었다. 멤버를 모집하기 위해 도움을 구했을 때도 흔쾌히 나서 준 고마운 이였다. 이때 시설 대관을 위해서 연락을 했을 때도 기쁜 마음으로 맞으며 최대한 도움을 주려고 했던 그녀에게 새삼스레 감사의 마음을 전한다.

알맞은 공간을 구했으므로 진행할 콘텐츠를 명료하게 그려 가기 시작했다. 예정된 오리엔테이션 날짜까지 그리 긴 시간이 남아 있지 않았기 때문에 마음이 급했다. 하지만 급하다고 해서 대충 하고 싶지 않았다. 첫 만남에서 모임에 대해 가지게 될 인상이 앞으로 함께할지 말지를 결정할 것이었다. 그리고 어쩌면 고성 청년들이 꾸려 가게 될 가능성에 대해서도 단정하게 될지 모를 일이었다. 흥미를 끌기에 충분하면서도 꽉 찬 시간을 보낸 기분을 느낄 수 있도록 다양하고 새로운 콘텐츠를 준비하고 싶었다. 웃고 즐기는 과정 속에서 자연스럽게 서로에 대해 알아갈 수 있는 그런 시간. 그 시간을 위해 머릿속으로 모임 당일을 여러 번 상상해 가며 밤잠을 줄였다.

일단 자기소개는 필연적으로 진행되어야 할 것이었는데, 으레 하는 것처럼 벌떡 일어나 발표하듯 긴장감 속에서 정해진 정보를 읊는 시간을 가지긴 싫었다. 게다가 우리 모임의 컨셉은 나이, 학벌, 직업을 밝히지 않는 것이었으므로 그런 것들을 제외하고 스스로를 소개해야 할 것이었다. 그러다 문득 다른 모임에 참여한 적이 있을 때 첫 만남에서 받았던 질문이 떠올랐다.

"요즘의 자신을 해시태그로 표현해 보세요."

그때 당시에 내가 어떤 해시태그로 스스로를 표현했었는지는 기억이 잘 나지 않지만, 그걸 생각하는 과정에서 꽤 즐겁고 신선했던 기억은 생생했다. 이걸 좀 응용한다면 새롭고 재밌는 방식의 자기소개가 가능할 것 같았다. 고민하다 약간의 게임적인 요소를 가미하자는 아이디어가 떠올랐다. 자신을 표현할 수 있는 해시태그를 오리엔테이션 전까지 미리 고민해서 제출하고, 그걸 호스트가 정리해 만남 전에 단톡방에 공유한다. 누구의 해시태그인지는 밝히지 않은 채로. 주인 모를 해시태그 다발들을 보면서 사람들은 미지의 인물을 상상하게 될 것이다. 그럼 첫 만남의 기대감이 더욱 고조되는 효과도 얻을 수 있을 것 같았다. 그러고 나서 당일, 모임이 시작될 때 해시태그를 함께 보면서 어떤 뜻일지 웃고 떠들며 이야기하고, 모임이 진행되는 동안 해시태그 다발들의 주인이 누구일지 추리한다. 그리고 모임의 마지막에 가서 두 시간을 함께 지내는 동안 파악한 것을 토대로 해시태그의 주인을 맞추는 시간을 갖는 것이다. 해시태그란 것이 언더 바(_)를 활용한다면 몇 단어고 늘어날 수 있고, 마음만 먹는다면 얼마든지 수수께끼처럼 표현할 수 있기 때문에 가능한 게임이었다. 예를 들어 누군가의 해시태그 다발 속에 '#인싸중의인싸'가 있었다면, 사람들은 모임 내내 누가 가장 활발하고 낯가림이 없는지를 관찰할 것이다. 유난히 티 없고 밝은 사람을 본다면 저 사람이 혹시 그 사람은 아닐까 추리하며 즐거워하게 될 것이었다. 이 게임의 이름을 "I Got Your Hashtag!"로 짓고 오리엔테이션의 콘텐츠로 확정했다.

자기소개가 해결되었으니 나머지 시간을 채울 친해지기용 콘텐츠가 필요했다. 불특정한 사람들이 모였으므로 누구나 쉽게 즐길 수 있고 호불호가 없을 만한 내용이어야 했다. 책방을 하는 어느 선배가 '5초 준다!'라는 보드게임을 추천했다. 본인도 여러 번 활용한 게임이라고. 어린아이들도 즉석에서 익힐 수 있을 만큼 룰이 쉬웠고, 무엇보다 적당한 긴박함과 신속함이 필요해서 어색함이 끼어들 틈이 없었다. 또 게임의 특성상 함께 게임하는 사람들이 어떤 관심사를 갖고 있는지도 가볍게 파악이 가능했다. 짧은 시간에 거리낌 없이 친밀감을 쌓기에 안성맞춤인 게임이었다. 시험 삼아 몇 번의 게임을 직접 해 본 뒤, 테이블 수만큼의 보드게임을 구입했다.

함께 즐길 파티게임까지 확정했지만 한 가지 더 해결해야 할 고민이 있었다. 누구에게나 똑같이 특별한 시간일 순 없겠지만 적어도 소외된 사람은 없는 시간이었으면 하는 욕심이 있었다. MBTI가 한창 유행하고 있는 때였는데, 속속들이 보내오기 시작하는 자기소개 해시태그에 '#대문자I'(아주 내향적이라는 뜻이다) 등 본인이 내성적이고 낯가림이 심하다는 뜻의 아우성들이 다수 포함되어 있자 조금씩 불안감이 쌓이기 시작했다. 나 역시 내성적인 사람으로서 그들이 낯선 사람들 속에서 갖게 될 부담감이 저절로 상상됐다. 또 조금의 소외감이라도 느껴진다면 금세 돌아서 버릴 마음까지 미리 공감되었다. 그들을 자연스럽게 모임에 녹아들게 하고 용기를 북돋기 위한 장치가 필요하다고 생각했다. 그러다 역시 참가자로 참여했던 어느 모임에서 부여받았던 비밀 역할이 떠올랐다. 인터넷에 검색해 보니 첫 만남에 으레 활용되곤 하는, 효과가 보장된 장치인 듯했다. 모임에 참여한 사람들에게 각자의 비밀 역할을 부여하고, 이를 모임이 진행되는 동안 몰래 수행하게 한 뒤 마지막에 밝히는 방식이었다. 자신의 행동이 어떻게 보일까 걱정이 큰 사람들도 주어진 '역할'이라는 정당성이 생긴다면 용기를 낼 수 있음을 노린 것이다. 그 심적인 알고리즘은 나에게도 적용되는 것이기 때문에 효과에 의심이 없었다. 다만 우리 모임의 사정에 맞는 역할을 새로 구상해야 했다. 큰 부담을 지우지 않으면서도 서로에게 호감을 줄 수 있는 역할. 고민 끝에 탄생한 역할은 일곱 가지였다. 예를 들면 이런 것이다. 내 역할 카드에 '배고픈 사람'이라는 역할이 적혀 있다면 옆자리에 앉은 이에게 낯설음을 무릅쓰고 이런 인사말을 건네야 한다. "식사는 하고 오셨어요?"

이제 콘텐츠는 완료되었으니 진행을 매끄럽게 하기 위한 준비물이 필요했다. 모임의 정체를 명료히 밝힐 수 있는(많은 이들이 의심하고 있는 바와 다르게 다단계, 종교 모임 등이 아니라는 사실을 명백히 밝힌) PPT 자료와 테이블 번호표, 참가자들의 이름이 적힌 이름표, 비밀 역할 카드, 간단히 요기를 할 다과 등을 준비했다. 퇴근 후 졸린 눈을 비비며 노트북을 만지고 종이를 오렸다. 그 과정이 지치지 않았다고 하면 거짓말이겠지만 결코 관두고 싶진 않았다. 미리 완성된 문화가 없어도, 누릴 것이 없어도 이만큼 우리끼리 멋진 모임을 가질 수 있음을 증명하고 싶었다. 그 증명의 한 줄이 되는 시간을 만들고 싶어서 온통 들뜨고 설레는 마음이었다. 참여할 이들은 어떤 사람들일까, 모임 시간을 즐거워해 줄까, 앞으로도 함께하자는 의사를 밝혀 줄까. 모든 과정을 직접 진행하고 사비를 들이는 과정에서 돈도 시간도 체력도 많은 것이 쓰였지만 전혀 아깝지 않았다. 그저 용기 내서 다가와 준 청년들을 즐겁게 해 주고 싶었다. 그러는 동안 힘들어하는 나를 걱정하고 종이 오리기 하나라도 함께하려고 했던 언니에게도 새삼 감사의 말을 전하고 싶다. 앞으로도 묘사될 많은 일들이 그녀의 도움이 없었더라면 일어나지도 않았을 일들이다. 그렇게 긴장과 두려움, 누군가의 피로함과 또 다른 누군가의 걱정 속에서 무언가 시작되려 하고 있었다. 설렘이 피곤을 압도하여 정신과 몸이 각성하는 밤들이 지나고, 첫 만남의 날은 다가왔다.

쓰고 달고

그토록 공을 들였으니 첫 만남을 위해 청년센터로 향하는 길이 무척이나 떨렸다. 나 역시 세상 온 우주의 기운을 긁어 모아 필요한 텐션을 끌어내야 할 만큼 내향적인 성격이므로 다수의 사람들 앞에 서야 한다는 것 자체에 일차적인 압박감을 느꼈다. 거기에 더해 '청년낭만살롱'을 공식적으로 소개하는 첫 자리였기에 좋은 인상을 남기고 싶은 욕심이 마음을 짓눌렀다. 직장에 조퇴를 내고 토할 것 같은 기분으로 도착한 청년센터에는 머릿속에 수없이 그렸던 것과 같이 멋진 공간이 기다리고 있었다. 첫 만남의 설렘을 고조시킬 탁 트이고 밝은 분위기, 집중과 분산이 공존하는 공기가 마음에 들었다.

언니와 준비해 온 다과를 풀어놓고, 정성스레 오려 온 좌석 번호를 테이블 위에 올려 두기 시작했다. 참석하기로 한 이들의 이름표를 스스로 찾아갈 수 있도록 세팅하려는 참에 낯선 이들이 고개를 내밀었다.

"청년낭만살롱이시죠? 너무 궁금해서 뵈러 왔어요."

생글 웃으며 인사를 건넨 이들은 고성군청의 공무원들이었다. 홍보에 도움을 주었던 청년센터 담당 주무관과 그녀의 상관. 눈을 빛내는 그들의 표정에는 호기심이 가득했다. 어떤 부분이 '너무 궁금했던' 것인지 짐작할 수 있었기에 반갑게 마음을 열었다. 나였더라도 궁금해서 근무 시간을 넘겨서라도 구경하러 왔을 것이다. 어떤 청년들이 고성에 살고 있는지 그 본질적인 사실 자체가 궁금해서. 늘어놓은 이름표를 신기한 눈으로 보던 그들은 잠시 자기들끼리 이런저런 얘기를 나누더니 조심스레 작은 선물을 건넸다. 청년센터 마크가 새겨져 있는 상자에 담긴 방향제였다. 향기로운 선물 덕분에 좋은 예감이 들었다. 환영받는 시작인 것만 같은 기분.

저녁 6시 30분에 가까워질수록 신선한 기척이 느껴지기 시작했다. 주차장에 하나둘씩 차가 들어오고, 주차를 하고도 한참을 뜸을 들이다 내리는 사람들. 저들도 나처럼 긴장해서 옷매무새를 가다듬거나 심호흡하는 시간이 필요한 걸까. 그런 생각을 하는 동안에도 실은 내 심장이 가장 들떠 있었다. 드디어 우리가 있는 공간으로 하나둘 다가오는 청년들. 환영하는 마음을 어떻게 해서든 표현하고 싶어서 억지로 높은 목소리를 짜내어 말했다.

"어서 오세요!"

긴장감 때문인지 설렘 때문인지 뚝딱거리는 건 그들도 나도 마찬가지였는데, 인사를 건네자 각자의 최선을 다해 호응하는 것 또한 모두 같았다. 어쨌든 이 지역에 있는 또래의 청년들이 궁금해서, 또 잘 지내보고 싶어서 모여든 사람들.

"좌석 번호를 먼저 뽑아 주시고요, 비밀 역할도 뽑아서 혼자만 알고 수행해 주시면 됩니다."

오기로 약속한 모든 청년이 모였을 땐 세 개의 원형 테이블이 꽉 차게 되었다. 그들은 둘러앉아 낯선 이들을 바라보며 어떤 생각을 했을까. 그 머릿속까진 알 수 없었지만 적어도 나는 마이크를 들고 들어찬 공간을 바라보며 확실히 이런 생각을 했다. 무언가 새롭고 재밌는 일이 시작되고 있다는 생각. 지금 이 순간이 오래도록 많은 이들의 기억 속에 남게 될 것이라는 생각.

"반갑습니다. 청년낭만살롱의 호스트, 류주연입니다."

그렇게 시작된 오리엔테이션은 준비했던 대로 충실히 진행되었다. 우선 청년낭만살롱이 생긴 계기, 어떤 마음으로 모임을 만들게 되었는지를 설명했다. 고향으로 돌아와 살게 되면서 청년이 존재하는 것 자체가 신기해져 버린 현실이 날이 갈수록 와닿았다고, 그 와중에 길을 지나다니다 우연히 청년들을 마주칠 때마다 새삼스럽게 궁금했다고. '저 청년은 이곳에서 뭘 하면서 사는 걸까?' 그 단순한 호기심에서 출발한 생각은 지방에 사는 청년 당사자로서 불편함을 느낄 때마다, 문화생활에 대한 욕구 불만이 생길 때마다 확장되었다고. 그래서 결국에는 즐길 거리가 없다면 직접 문화를 만들자, 얼마 없는 청년들을 모아 놓고 얘기해 보자는 결론으로 도착했다고. 우리가 서로에게 기쁨과 격려, 낭만 자체가 되었으면 좋겠다고. 나는 긴장한 채로 그런 말들을 늘어놓았고 청년들은 들뜬 것이 분명한, 정리되지 않은 서사를 진지하게 경청해 주었다. 그렇게 모임 설명을 마쳤다. 그토록 전달하고 싶었던 메시지를 일부나마 전했다. 이야기를 듣는 청년들의 눈빛이 어떤지 파악하는 건 불가능했다. 아주 긴장해서 그럴 여유가 없었기 때문이다. 그러나 분명히 뒤따랐던 박수 소리에는 무언의 공감이 묻어 있었다고 믿고 싶다.

모임 소개에 이어 해시태그 자기소개, 파티게임으로 친해지기 등이 진행되었다. 어색했던 공기가 풀어지고 어느새 왁자지껄한 웃음소리가 들어찼다. 영락없이 젊고 생기 넘치는 기운들. 어느 곳에선 당연할 것이지만 이곳에선 놀랍고 신기한 장면들. 지극히 사적인 모임이라는 사실을 설명할 때 의아해하며 놀라던 반응들이 있었다. 당연히 공공이나 관에서 만든 모임인 줄 알았다는 것이었다. 지역마다 청년 네트워크 형성을 위한 움직임이 시작될 즈음이었다. 지방 소멸에 대한 심각성이 대두되고 인구 혁신을 위한 예산이 곳곳에 뿌려진 시점이기도 했다. 그런 시기에 '문화를 스스로 만들자'는 거창한 포부를 밝힌 모임이 지침과 예산 아래 생겨난 것이라 생각하는 게 이상한 일은 아니었다. 하지만 우리 모임은 아무런 지원을 받지 않은 채 청년 주체가 스스로 움직여 생겨났다. 그것을 설명하기 위해 또 얼마간의 시간이 필요했다. 오로지 이 모임의 목적이라고는 시골에서도 청년들이 즐길 수 있다는 사실을 증명하는 것, 그것뿐이라는 설명을 재차 덧붙였다. 준비된 다과와 보드게임 등 모든 준비가 사비로 진행된 것이라는 사실도 덩달아 전할 수밖에 없었다. 그 사실을 전할 때는 수고스러움을 알아달라는 생색이 아니라 부족하더라도 이해해달라는 마음뿐이었다. 그런데 듣는 입장에서는 그런 단순한 문제가 아니었던 모양이다.

오리엔테이션 중간에 마련된 쉬는 시간, 홀연히 사라졌던 어느 청년이 흰 봉투를 들고 다가왔다. 불과 한 시간 전에 처음 만난 나에게 호탕하게 웃으며 전해 준 봉투. 그 안에는 노란 지폐 한 장이 들어 있었다. 그는 당황스러워 손사래 치는 나에게 비밀로 해달라는 말을 남기고 훌쩍 자리로 돌아갔다. 그 봉투는 그때부터 지금까지 나에게 분명한 의미로 남아 있다. 처음으로 전달받은 고마움의 표시였다. 실수라도 하지 않을까, 시시하다는 느낌을 주지 않을까, 기대하고 온 이들을 실망시키진 않을까, 온통 움츠러들어 있는 나의 마음이 들키진 않을까. 그런 불안들을 달래 준 격려의 마음이었다. 앞으로는 혼자가 아니게 될 것이라는 호의처럼 느껴지기도 했다. 사양하지 않고 받아든 것은 그런 기분을 내 것으로 만들고 싶어서였다. 나만 청년들을 환영하는 것이 아니라, 나 역시 환영받고 있다는 기분. 손을 내밀어 도움을 요청해도 빈손을 거두게 되진 않을 것이라는 믿음. 그런 것들을 떠올리면 자신감이 가득 담긴 무형의 봉투가 내 주머니를 두둑하게 하는 기분이 된다.

그렇게 오리엔테이션은 긴장과 설렘, 그런 것들보다 더 크게 울려 퍼진 웃음소리를 끝으로 마무리되었다. 청년들은 준비한 콘텐츠를 생각보다 더 적극적으로 즐겨 주었고 공백일 수 있었던 부분을 존재만으로 메꿔 주었다. 그 장면을 보고 있자니 감격스럽기도 했지만 한편으론 씁쓸함이 울컥 올라왔다. 이토록 즐기고 싶고 어울리고 싶었던 청년들인데, 기회만 있다면 얼마든지 스스로 문화가 될 수 있는 청년들인데, 지금까지 목말라 있었을 젊음이 안타까웠다. 그리고 동시에 웃고 있는 저들의 표정이 무척이나 달다는 생각. 그렇게 쓰지만 달았던 오리엔테이션이 앞으로에 대한 기대와 함께 끝나갔다.

당신의 입맛에 안 맞을 수도 있어요

아이스 브레이킹 이후 한 명도 빠짐없이 모든 멤버가 모임에 정식으로 가입하고 싶다고 말했다. 청년들의 1차 심사에서 통과한 셈이다. 한고비를 넘긴 것처럼 안심이 됐다. 그렇게 갖은 정성과 긴장을 들여 첫 만남을 잘 끝내 놓았지만 곧 있을 정규 모임을 앞두고 다시 스스로를 향한 불신의 구덩이에 빠졌다. 고민하며 머리를 싸매는 밤이 지치지도 않고 이어졌다. 주요 모임 콘텐츠는 다름 아닌 '대화'. 이게 과연... 먹힐까?

어디선가 나타난 청년 스무 명. 살다 온 곳도, 직업도 다르다. 모두가 제각기의 열정을 지녔을 테지만 방향은 다를 것이다. 그런 젊음이 모인 만큼 문화생활에 대한 욕구도 다양할 것이 분명했다. 나는 대화가 주는 참된 희열을 좋은 모임 덕분에 경험해 본 사람이고, 그때 삶의 활력이 생겼던 느낌이

강렬하게 각인되어 그것을 공유하고 싶었다. '대화'라는 콘텐츠는 잘 이끌어 내기만 한다면 호불호 없이 모든 이들에게 공통된 기쁨을 안겨 줄 수 있을 것이라고 확신했다. 일상에서 벗어나는 기쁨, 내면의 묵은 돌을 깨부수는 환희 같은 것. 그런데 직접 청년들을 마주하고 적극적이고 활발한 그들의 모습을 목도하고 나니, 고질병 같은 자기불신이 서서히 엄습해 오기 시작했다. 어쩌면 저 열정들을 불사르기에 적절한 콘텐츠는 따로 있지 않을까? 저렇게 에너지 넘치는 이들을 정적인 대화로 만족시킬 수 있을까? 대화에 서툰 이들도 있을 것이고, 나 역시 대화에 능숙한 사람이라곤 할 수 없는데, 참된 대화를 이끌어 내는 대단한 일을 내가 해낼 수 있을까?

답 없는 고민을 하는 밤들이 깊어 갔다. 늘 그랬듯 시간은 내 사정 따위 아무 상관없다는 듯 괴로워하는 나를 스치고 지나갔다. 약이 오르기도 전에 가까워진 정규 모임 날. 고심해서 고른 첫 정규 모임의 영화는 〈굿 윌 헌팅〉이었다. 사전에 공지한 대로 멤버들은 각자 영화를 본 뒤 함께 이야기 나누고 싶은 화두를 보내왔다. 평일 저녁으로 예정된 모임을 일과 시간 동안 기대하고, 설레는 마음을 가지시라고 정리한 화두를 미리 공개했다. 우리가 나누게 될 이야기에 대한 예고이기도 했다. 생각할 시간이 필요한 몇몇 질문에 대해선 미리 고민도

해 보시라는 의도였다. 한편 하나둘 도착하는 화두를 찬찬히 살펴본 나는 불안했던 마음이 조금씩 가라앉는 것을 느낄 수 있었다. 보내온 화두는 사람들 수만큼이나 다양했고, 같은 영화를 본 것이 틀림없는데도 예상치 못했던 시선과 생각이 담겨 있었다. 이 대화가 틀림없이 일상에서 벗어난 가치 있는 곳으로 우리를 데려다주겠구나, 그런 마음이 들었다.

앞서 설명한 적이 있듯이 우리는 정규 모임 장소를 구하기 위해 무척이나 많은 곳을 정처 없이 돌아다녔다. 오리엔테이션과는 달리 대화에 오롯이 집중할 수 있는 분위기의 장소가 필요했고, 많은 인원이 한꺼번에 얘기를 나누는 만큼 대화가 섞이지 않을 적절한 크기의 공간이 절실했다. 더 욕심을 내자면 대화를 하기에 좋은 분위기, 내면의 이야기가 술술 나오는 분위기면 더 좋았다. 공공기관에서 대여를 제공하는 장소에서는 이런 조건에 적합한 곳을 찾을 수 없었다. 그래서 자연스럽게 고성읍내의 카페나 식당으로 눈길을 돌렸다. 하루는 어스름한 저녁에 목적지 없이 읍내를 돌아다녔다. 생각보다 많은 카페가 있다는 사실에 놀랐지만, 또 생각보다 조건에 들어맞는 장소가 없다는 사실에 실망스럽기도 했다. 모든 것이 도시보다는 일찍 잠에 드는 지역 특성 탓인지 운영시간이 짧거나 장소가 좁거나, 분위기가 부산스러웠다. 한편으로는 그렇게 돌아다니는 동안 폐건물이나 임대가 붙어 있는 공간, 곳곳에 보이는 빈집들에 마음이 동했다. 저런 곳에 우리 공간이 하나쯤 생기면 참 좋겠다는 욕심이었다. 그렇게 발길 가는 곳마다 미련을 뚝뚝 흘리며 돌아다녔고, 결국 정해진 곳은 읍내 외곽에 위치한 어느 카페였다.

지역의 특성이 잘 묻어나는 이름을 가진 그 카페는 바로 옆에 문화예술센터와 이웃하고 있었다. 지역 문화 예술 진흥에 대한 뜻을 갖고 계신 사장님 부부께서 두 공간을 함께 운영 중이셨다. 아는 사람보다 모르는 사람을 찾는 게 힘든 어느 멤버가 발 벗고 나서서 장소를 섭외해 주었다. 사장님 부부께서는 우리 모임에 대해 지대한 관심을 보이며 환영해 주셨다. 카페는 공간을 가로질러 초록빛 식물들이 자라고 있었다. 그곳의 절반을 내어주신 덕분에 넉넉하게 모여앉을 수 있었다. 하지만 완전히 가로막혀 있진 않아서 다른 손님들과 시선이나 대화를 공유할 수밖에 없었다. 내어주신 공간을 불평하는 것이 아니라, 원래 그런 용도가 아닌 공간에 억지로 들어앉아 있는 것이 죄송스러웠다. 처음부터 자연스러울 수는 없겠지만 이 지역에서 우리가 모이는 일은 처음부터 끝까지 어색함과 낯설음투성이였다. 무엇 하나 당연한 것이 없었다. 그리고 그런 낯설음과 어색함은 우리가 하는 행동 하나하나가 희귀한 일들임을 나타내는 방증이었다.

하나둘 모여드는 청년들과 그런 우리를 신기한 눈으로 바라보는 다른 손님들. 이야기 나누러 온 듯한 어느 중년의 무리는 삼삼오오 둘러앉아 있는, 게다가 자기들끼리도 어색해 보이는 청년들을 보곤 눈에 띄게 꿈쩍 놀라기도 했다. 한 발짝 물러나서 바라보는 시선에 수상쩍은 의심이 생겨나는 것 같기도 했다. 그 따가운 시선을 애써 모르는 척하며 우리만의 대화에 집중하려 노력했다. 아이스 브레이킹을 거쳤지만 완전히 얼음이 깨질 순 없는 정식 첫 만남. 대화의 물꼬를 트기 위해서는 얼마간의 시간이 필요했지만, 생각보다 청년들은 자신의 이야기를 거부감없이 내어놓기 시작했다. 네다섯 명이 한 그룹이 되어 둘러앉아 이야기를 나누었고, 대화의 주제는 미리 보냈던 화두들이었다. 작은 종이에 옮겨 적은 화두를 하나씩 뽑아 가며 이야기를 나누었다. 대화는 마치 이런 자리가 생기길 기다리기라도 했던 것처럼 자연스러운 흐름을 찾아갔다.

그렇게 오고 가는 대화 사이 두 시간이 금방 녹았다. 어느 무리는 하나의 화두만으로 두 시간을 꽉 채우기도 했고, 다른 무리는 놓여진 화두를 다 펼쳐도 모자랄 만큼 다양한 이야기를 나누기도 했다. 여러 갈래의 시선을 나누는 동안 새삼스럽게 청년들의 생이 온몸으로 와닿았다. 이렇게나 다양한 삶과 그 삶들을 충실히 살아 내고 있는 존재들이 있었다. 나 혼자 아등바등 살고 있는 줄만 알았던 이곳에서 다른 청년들의 삶을 공유하게 된다는 건 얼마나 기적 같은 일인지.

이름을 제외한 다른 개인정보가 익명인 것은 오직 대화를 나누는 상대로서만 서로를 인식하는 데 도움을 주었다. 대화를 나누다 보면 자연스레 궁금해질 법도 한데 누구 하나 직업이 무엇인지, 나이는 몇 살인지 묻지 않았다. 우리는 이 작은 지역에서 이야기가 새어 나가거나 소문이 나면 어떡하나, 하는 두려움 없이 자유롭게 스스로에 대해 말했다. 그러면서 쌓여 가는 유대감은 특별하게 느껴졌다. 명사로 규정지어지는 개인의 정보가 아니라 형용사나 동사로 설명해야 하는 생각과 가치관을 공유한다는 것. 삶에 대한 시선으로 서로를 이해한다는 것. 서로에게 연결될 준비가 되어 간다는 뜻이다.

모임 시작 직전까지 '통할까' 싶었던 대화라는 콘텐츠는 더할 나위 없는 매개체가 되어 주었다. 대부분의 멤버들은 분명 일상에서 벗어난 '대화의 맛'을 느꼈지만, 역시 모두를 만족시킬 순 없는 법. 그렇지 않은 멤버가 있었다는 것도 부정할 수는 없다. 첫 모임 뒤 더 적극적으로 모임에 참여한 멤버가 있었던 반면 더는 참여하지 않은 멤버도 있었기 때문이다. 좋은 반응을 보인 멤버들은 다른 청년들과 이야기를 나누고 소통하는 시간이 이 지역에서 찾을 수 없었던 숨구멍과 같았다고, 덕분에 앞으로도 이곳에서의 일상을 견딜 수 있을 것 같다고 말했다. 하지만 떠난 이들은 말이 없다. 정적인 모임의 색깔에 실망했을 수도 있고, 낯선 이들과 대화 나누는 것이 부담스러웠을 수도 있다. 그 이유를 짐작하고 고민하는 것이 괴롭지 않았다고 하면 거짓말이다. 어떤 부분이 실망스러웠는지, 뭐가 부족했는지를 고민하는 일은 결국 '나'의 부족함을 파헤치는 일이기 때문이다. 모두를 만족시킬 순 없다는 사실을 알면서도 아쉬운 마음이 드는 건 어쩔 수 없었다. 하지만 그런 고민을 멈추어서도 안 됐다. 모임은 이제 막 시작되었다. 서툴 수밖에 없는 시작 단계에서 무언의 불만족을 경험하면서 건져내야 하는 건 더 나은 앞으로를 위한 단서이다. 과정이 괴롭더라도, 더 나은 앞으로를 위해서. 그렇게 당신의 입맛에 우리가 안 맞을 수도 있지만 맛봤다는 사실이 추억으로라도 남을 수 있도록 고민에 고민을 거듭하는 시간들이 시작되고 있었다.

오래된 무덤에 낭만을 묻다

청년 모임을 운영한다고 하면 열에 아홉은 시큰둥한 눈빛으로 이런 질문을 한다.

"몇 명이나 모였어요?"

스무 명이요, 라는 말을 하면 예상치 못한 답변이었던 건지 조금 달라진 눈빛을 하곤 이렇게 또 묻는다.

"와-, 어떻게 스무 명이나 모았어요?"

나는 내가 모은 것이 아니라 그들이 모여든 것이라는 대답을 한다. 그러면서도 내심 뿌듯한 기색을 숨길 수 없다. 그 뿌듯함의 주어는 '나'가 아니다. 청년이 모여들었다는 사실 자체가 뿌듯하고, 다른 곳이 아닌 이 지역에서 모였다는 사실이 뿌듯하다. 이것 봐요, 젊은이가 없는 게 아니라니까요, 모일 일이 없었을 뿐이라니까요! 외치기라도 하고 싶은 마음이랄까. 내게 사람을 모을 만한 역량이 있었던 덕분이냐고 한다면 절대로 아니다. 나는 우물을 팠을 뿐, 목이 말라 물을 길어 올리자고 찾아온 것은 청년들 본인이다.

어쨌든 그런 방식으로 눈빛이 달라지지 않은 몇 안 되는 사람들 중에 그가 있었다. 동화작가 겸 문화기획자인 박 선생님은 고성에 위치한 어느 숲속의 작은 도서관에서 기꺼이 일꾼을 자처하며 여러 행사를 기획하고 있었다. 늘 피곤해 보이지만 눈빛만은 살아 있는 그를 볼 때마다 죽어 가는 곳에는 어디나 살리려는 사람이 있는 모양이라고 생각했다. 한편 나의 직장은 이 지역의 몇 안 되는 소중한 문화 기관 중 하나인데, 그곳의 일꾼인 나는 지역의 문화 행사나 축제를 가까이서 접하고 도울 기회가 생기곤 했다. 어느 날 나의 직장으로 그가 행사 관련 협조를 요청하러 왔을 때, 내가 청년 모임을 운영하고 있다는 사실을 미리 알고 계셨던 상사가 나를 부르셨다.

"이 친구가 청년 모임을 운영합니다."

그런 소개를 들었을 때 박 선생님의 눈빛은 처음부터 반짝였다. 우리가 몇 명인지, 어떤 모임인지도 듣지 않았으면서 '청년'이라는 단어 자체에 대한 반가움인 듯 원래도 빛나는 눈이 더 빛났다. 기대하지도 않았는데 우연히 '발견'했다는 듯한 눈빛이었다. 그 반짝임에 마음이 동했다. 청년이라는 존재 자체에 대해 보여 준 기쁨의 눈빛이 감동적이었다. 존재를 반가워해 주는 사람 앞에선 마음이 들뜨지 않을 수 없었다. 덕분에 나서서 설명하고 싶은 기분이 들었다. 달뜬 목소리로 모임에 대한 설명을 마치자 그는 대뜸 말했다.

"부스 하나를 내어 드릴게요."

이게 무슨 말인가 들어 보니, 곧 송학동 고분군에서 열릴 지역 축제에 초대하고 싶다는 뜻이었다. 그는 한숨을 쉬며 덧붙였다.

"청년이 없어요. 그게 너무 아쉬웠어요."

경기도나 서울 등 다른 도시에서 수차례 축제 기획과 진행을 맡은 경험이 있다는 그는, 그곳에는 넘쳐 나는 젊음이 이곳에선 너무나도 희귀해서 늘 안타까웠다고 말했다. 젊음만이 뿜어낼 수 있는 에너지와 열정이 축제에선 빛을 발하는 법인데, 그런 것을 기대할 수 없어 아쉬웠다고.

"그렇지만 저희는 모여서 영화 얘기하는 게 단데요. 괜찮을까요?"

또 자기 의심과 소심병이 도져 망설이는 나에게 그는 말했다. 적은 예산으로 기획해야 하는 축제이기에 많은 지원을 해 줄 순 없지만 아무거라도 좋으니 한 켠에서 자리 잡아 주었으면 좋겠다고 했다. 그냥 '청년이 있다는 것'을 지역에 보여 주자는 것이다. 그렇게 말하는 박 선생님의 목소리가 제법

고무되어 있고 확신에 차 있었다. '청년이 있다는 것'을 누구에게라도 알리는 것. 내가 하고 싶은 일이기도 했다. 하지만 나 혼자 결정할 순 없는 일이기에 확답을 미루었고, 그런 나에게 그는 덧붙였다.

"어쨌든 꼭 모임을 오래 유지해 주세요."

그 말이 덜컥 내 어깨에 얹혔는데, 무게가 결코 가볍지 않았다.

우선 모임 운영을 도와주기로 한 서포터들에게 의견을 물었다. 첫 번째 정규 모임 이후 아무런 대가 없는 도움의 의지를 표했던 그들. 각자의 방법으로 모임의 중심축이 되어 가고 있는 청년들이었다. 박 선생님의 제안에 대해 이야기하자, 의외로 그들의 긍정에는 망설임이 없었다. 오히려 적극적인 반응들에 여러모로 앞섰던 나의 걱정이 기우처럼 느껴질 정도였다. 이야기가 오간 끝에 우리의 생각은 하나로 모아졌다. 청년이 있다는 걸 보여 주자, 우리가 이렇게 살고 있다는 걸 알게 해 주자고.

멤버들 모두에게 공지하는 일도 빼놓을 수 없었다. 어쨌건 그들이 속한 모임의 이름이 부스 현수막에 적힐 것이기에 충분한 설명을 들려주고 싶었다. 참여하게 된 사연과 무엇을 보여 주고자 결심했는지에 대해서 말했다. 공감하고 응원해 주는 마음과 자진해서 도와주겠다는 몇몇의 격려 덕분에 용기를 얻어 박 선생님께 연락을 했다.

"부스 하나를 내어주신다면 열심히 채워 볼게요. 저희가 내걸 문구는 '청년, 낭만을 담다'입니다."

그 뒤로는 일사천리로 준비가 진행되었다. 나는 직장에서 축제 부스를 운영했던 경험이 있었고, 서포터들 중에서도 같은 경험을 가진 노련한 일꾼이 있었다. 또 프리랜서 창작자로 일하고 있는 나의 언니는 통통 튀는 아이디어를 여럿 건넸고, 모임을 누구보다 아끼는 다른 멤버들 역시 귀한 주말 시간을 내어 부스 지킴이가 되어 주겠다고 말했다. 낮엔 커피와, 밤엔 맥주와 함께 여러 번의 콘텐츠 회의가 반복되었다. 판매할 상품이 있는 것도, 특별한 체험 콘텐츠가 있는 것도 아니었기 때문에 고민의 시간이 길었다. 우리의 키워드인 '젊음'과 '낭만'을 느낄 수 있으면서도 축제 참가자들에게 즐거움을 줄 수 있는 콘텐츠가 어떤 게 있을까? 고민하던 뇌리를 어느 순간 스친 것이 있었으니, 그건 다름 아닌 '사진'이었다.

그렇게 우리의 부스는 말 그대로 '낭만'으로 채워질 것이었다. 축제에 온 이들의 웃고 있는 얼굴, 고즈넉한 고분의 풍경을 배경으로 하는 어느 가족들의 한 시절. 그런 장면을 담아 주면 그 자체로 낭만을 선물하는 일이 되지 않을까? 우리만의 감각을 살려 축제에 참여 중인 이들의 사진을 찍어 주고, 보정을 거쳐 출력해 주는 콘텐츠를 진행하기로 했다. 순간을 아름답게 담는 일은 우리의 일상에서 자주 하는 일이니까 잘 해낼 수 있을 것 같았다. 마침 포토 프린터를 소장 중인 것이 있어서 없는 예산에서도 진행이 가능했다. 모임의 특색이 드러날 수 있도록 영화 포스터 등을 활용하여 포토존을 꾸미고, 비눗방울총이나 소품 등은 개인의 물건을 긁어모아 활용하기로 했다. 지원금은 우리 모임을 알리는 홍보 엽서와 사진 출력 용지를 사는 데 사용했다. 그렇게 우리는 정사각형 크기의 부스를 채울 장면을 머릿속으로 수없이 그려 가며 시간을 쪼개 정성껏 준비해 갔다.

그런데 드디어 도래한 축제 당일엔 이리저리 고민한 모든 변수들을 뛰어넘는, 도무지 우리가 어찌할 수 없는 재난이 기다리고 있었다. 믿기지 않을 정도로 해가 뜨거웠던 것이다. 더운 정도가 아니라 말 그대로 '뜨거운' 날씨. 시기로는 가을의 초입인데 그것이 세상의 농담처럼 느껴질 정도였다. 며칠 뒤 태풍이 올 거라고 하더니, 습도가 가득한데 해는 쨍쨍해서 5분도 견디기 힘든 날씨였다. 걱정과 함께 땀을 뻘뻘 흘리며 꾸린 짐을 갖고 도착했을 때 이미 도착해 있던 동료의 경악스런 눈빛과 마주쳤다.

"이 날씨... 괜찮은 거죠?"

험난한 이틀이 예상되고 있었다. 억지로라도 웃어 보이려 했지만 실패한 탓에 얼굴은 엉망이었다. 어색한 표정 탓이 아니더라도 이미 땀에 젖어 흘러내리는 화장 때문에 엉망일 것이 분명했다. 잔인할 정도의 햇빛에 숨이 막혀 갈수록 자꾸만 마음이 상했다. 내 몸이 힘든 건 상관없었다. 다만 아무런 대가 없이 시간과 비용을 지불하고 있는 멤버들에게 미안한 마음이 쌓여 갔다. 날씨까지 도와주지 않으니 마음은 온통 휴지 조각처럼 구겨졌다. 하지만 풀 죽어 있을 순 없는 노릇이었다. 하고자 하는 일이 있어 사람을 모았으니 힘을 내야 했다.

우리는 흘러내리는 땀을 애써 무시하며 부스를 꾸미기 시작했다. 영화 포스터로 한쪽 벽면을 꾸미고, 챙겨 온 오브제를 테이블에 올려 두었다. 블랙보드에 형광펜으로 "낭만을 담아 드립니다"라는 문구를 정성 들여 써 놓았다. 빈칸에는 샘플 삼아 우리의 사진을 뽑아 붙이기로 했다. 잠시 더위를 뒤로하고 고분을 배경으로 나란히 섰다. 푸른 잔디 위에 올라선 그 순간만큼은 기분도 파랬다. 다행히 셔터를 누르는 순간의 우리는 웃고 있었다. 그 웃음 덕분인지 흘러내린 땀 때문인지 뽑힌 사진 속 우리 얼굴이 맑게 빛나고 있었다.

직장에서도 부스를 운영하고 있었기 때문에 축제가 진행

되는 내내 나는 두 곳을 왔다 갔다 해야 했다. 하필이면 부스 위치도 꽤 떨어져 있어 종종걸음으로 땀을 훔치며 왕복하기를 여러 번이었다. 오후가 되어 사람이 붐비기 시작하자 직장인으로서의 사명을 지키기 위해 모임 부스는 서포터들에게 맡겨 두어야 했다. 직장 부스에 아이들이 몰려들어 인산인해를 이루고 있는 와중에 흘끔, 저쪽의 모임 부스를 훔쳐보면 그곳에도 사람들이 가득 차 있는 모습이 보였다. 이 더운 날씨에 인생샷을 찍어 주겠다며 그늘 없는 천막 밖으로 나가 땀 흘리고 있는 멤버들. 내 표정이 점점 초조해 보였던지 직장 상사는 잠시 여유가 생길 때마다 편하게 다녀오라며 먼저 말씀해 주시곤 했다. 그런 말씀이 떨어지면 냉큼 허리를 숙여 인사하곤 멤버들이 있는 곳으로 뛰어갔다. 그때마다 동료들은 왜 이렇게 뛰어오냐며 웃는 얼굴로, '우리 잘하고 있어요.'라는 다정한 말로 안심시켜 주었다. 어느새 테이블 위에 잔뜩 쌓인 사진들을 보니 그들이 얼마나 고생하고 있는지가 말하지 않아도 느껴졌다. 가만히 서 있기만 해도 목이 쩍쩍 갈라지는 날씨였다. 고마움과 미안함이 교차해서 정신이 없는 통에 다섯 개 시킬 햄버거 세트를 열 개를 시켜 버리기도 했다. 지나치게 풍족한 만찬을 보고 다 함께 웃음을 터뜨렸다. 마음이 전해졌으니 됐다는 생각이었다.

우리와 처음 만난 지역민들의 반응이 좋았다. 이쁜 사진을 찍어 주어 고맙다는 인사를 들었다며 뿌듯해하는 멤버의 얼굴 위로 고단함보다 기쁨이 피어올랐다. 비눗방울 비가 내리는 것만 같은 버블건은 아이들에게 인기만점이었다. 쨍한 햇살보다 더 밝게 웃는 아이들의 얼굴이 사진에 그대로 담겼다. 한편 그런 반응들보다 더 많이 들은 말은 우리 모임에 대한 호기심이었다고 했다. 주민들은 우리를 신기해하고 낯설어했다. 일단 청년들이 공간 하나를 차지하고 모여 있는 것 자체가 신기했을 것인데, 전혀 새로운 얼굴들이 못 듣던 이름을 하고 있는 것이 또 의아했을 것이었다.

"뭐 하는 단체예요?"

물음이 많이도 쏟아졌고 우리는 준비해 온 소개 엽서를 사진과 함께 봉투에 넣어 주며 대답했다.

"청년들끼리 문화를 만들어 가는 모임이에요."

우리에게 관심을 가진 건 일반 주민들뿐만이 아니었다. 그렇지 않아도 청년이 필요했던 이들이 있었다. 청년의 목소리가 듣고 싶었다는 이들이 있었고, 자신의 목소리를 들어달라는 이들도 있었다. 그들은 우리에게 명함을 달라고 했지만 그런 게 있을 리 만무했고, 명함 대신 인스타 계정이 적힌 엽서를 건넬 수밖에 없었다. 그러면 그들은 거꾸로 자기들의 명함을 쥐여 주며 원하는 일이 있으면 연락을 달라고 했다. 우리가 그들에게 뭘 원해야 하는지 알 수 없었지만 일단은 명함을 챙겨 넣으며 생각했다. 그래도 이 부스를 운영하자고 결심했을 때 정했던 목표 하나는 달성했다고. 우리가 여기 이렇게 살고 있노라고, 존재하고 있노라고 알리는 것 말이다.

그렇게 우리가 함께 작당한 첫 번째 '무언가'는 뜨거운 태양과, 마시자마자 배출되어 버리는 수분과, 지역의 낭만을 담은 수백 장의 사진과, 먹다 남은 햄버거와, 멤버들이 건네고 간 커피잔과, 어떤 이들이 주고 간 명함과, 지역민들의 의심 어린 호기심과, 해냈다는 동지애와, 서로를 향해 왠지 애틋해진 마음을 남기고 종료되었다. 우리는 부스를 정리하곤 어느 오리불고기집에 모여 맥주잔을 부딪치며 회포를 풀었다. 역경과 고난은 오래 기억되는 법이다. 그리고 어쩌면 가장 쉽게 미화되기도 하는 법이다. 쉽사리 잊지 못할, 세월이 잔뜩 묻혀진 고분군에 우리의 무언가도 쌓아 올린 것만 같은 날이었다.

이 일이 있은 뒤 지역에서 진행하는 행사나 축제를 다른 시선으로 바라보게 됐다. 지금은 지역에서 매년 진행되고 있는 청년축제가 시작되기 전이었다. 원래는 나 역시 청년이면서도 젊은이가 없는 축제 현장에 대해 전혀 의구심을 가지지 않았다. 그저 당연한 풍경이라고 생각했을 뿐. 도시가 아니니까, 시골이니까, 젊은이가 없는 게 당연한 거니까. 그런데 이제는 다르게 질문한다. 대체 왜 청년이 없을까? 우리는 이렇게 존재하고 있는데, 심지어 저런 현장을 누구보다 좋아하는데 왜 숨어 있는 걸까? 답은 내가 아니어도 누구나 어렵지 않게 도출할 수 있음을 이제는 안다. 궁금해하기만 한다면 말이다. 질문하기만 한다면 말이다.

청년이 희귀하다는 당연한 전제하에 행사 타깃층은 어린이나 장노년층이 될 수밖에 없고, 그러니 얼마 없는 청년들마저도 갈 이유가 없다. 재미가 없기 때문이다. 그리고 그렇게 청년들이 보이지 않을수록 행사 콘텐츠는 변화하지 않을 것이다. 늘 해 왔던 대로 그 자리에 머무를 것이다. 악순환이다. '청년이 없다'는 전제는 무의식에 자리한다. 그리고 그것은 의식조차 못 한 채로 지역 곳곳에 이런 악순환을 만들 것이었다. 청년은 없는 것이 아니라 숨어 있다는 것, 적은 숫자더라도 모일 자리를 만들어야 한다는 것을 생각해야 한다. 그래야 악순환의 고리를 끊고 젊은이들을 이끌어 낼 수 있다. 그리고 그 사실을 절감하고 누구보다 잘 해낼 수 있는 사람은 역시 청년 당사자, 청년 주체들이다. 하지만 우리만으로는 안 된다. 믿어 주고 도와주는 사람들이 있어야 한다. 민관의 협력은 거창한 것이 아니라 서로의 필요성을 느끼고 이야기 나누는 것에서부터 출발해야 한다.

우리의 더웠던 고분군에서의 축제 이후로 2년이라는 시간이 지났다. 그 사이에 청년 관련 정책을 강화하기 시작한 지역에서는 청년 페스티벌을 개최하고 청년을 대상으로 하는 다양한 행사를 열기도 했다. 긍정적인 변화다. 하지만 나는 '청년'이라는 말을 붙인 채 진행되는 행사가 아니더라도 변화가 있어야 한다고 생각한다. 꼭 청년을 대상으로 하는 것이 아니더라도 청년과 함께한다는 생각을 해야 한다. 귀신같이 소외됨을 눈치챌 젊음들이 무의식의 존재를 모를 리 없다. 지역은 노력하고 있고 변화할 테지만 가장 선행되어야 할 인식의 변화가 남아 있다. 지역의 무의식은 얼마나 바뀌었나? 고민해 볼 필요가 있다.

진심이 해낼 수 있는 것

생각해 보면 나 역시 예외가 아니다. 이미 탈피한 신분에 관심이 없는 것. 인상 깊은 지난날들을 보냈는데도 그렇다. 그들의 힘듦에 진심으로 공감할 수 있는데도 그렇다. 여기서 말하는 '그들'이란 내가 지나온 시간에 살고 있는 이들이다. 나보다 더 어린 청년들, 청소년들이다. 살아가는 일이 힘들다고 토로하는 어린 청년들의 이야기를 종종 들을 때가 있다. 남들이 보기엔 어떨지 몰라도 저 청년들에겐 본인이 말하는 힘듦과 아픔이 세상 누구의 아픔보다 크다는 것을 안다. 저 때는 '다 지나갈 일이다'는 조언도 와닿지 않을 것을 안다. 나 역시 그래 봤기 때문이다. 똑같이 아파했고, 힘들어했고, 내가 세상에서 제일 힘든 청춘인 줄 알고 지냈었다. 하지만 지금의 나는 어떤가? 생애 주기가 고작 한 단계 지났을 뿐인데 다른 세상의 일인 것처럼 그들의 말을 듣는다. 공감할 줄은 알지만 그뿐이다. 버려 내길 바라는 마음으로 안쓰러운 시선을 던질 뿐 무엇 하나 나서서 행동하려 하진 않는다. 이제 더이상 저들의 일은 '내 일'이 아니다.

그렇게 차갑게 구는 이유는 하나다. 과거는 과거일 뿐이기 때문이다. 나에겐 당장 신경써야 할 현재와 미래가 존재한다. 내가 가진 에너지의 총량은 그 현재와 미래에 쏟기에도 부족하다. 아무리 과거가 되어 버린 시절을 회고하기 좋아하는 나여도 진심을 다해 개입할 이유가 없다. 오히려 사람은 성장하려면 과거는 묻어 두고 앞을 바라봐야 한다고도 하지 않나. 한편으론 마침내 내가 앞을 바라볼 수 있게 된 것이 지난 과거들을 잘 버텨 낸 것에 대한 보상인 것처럼 느껴지기도 한다. 그때 그렇게 끙끙대며 살아 봤으니, 이젠 많이도 괴로웠던 그 시절을 깨끗이 잊어도 되는 자격을 얻은 것만 같다. 그래서가 아닐까? 사람들이 자신이 밟고 온 아래 계단에 관심이 없는 것은. 나처럼 그래야 할 이유가 없거나, 그러기 싫거나, 그럴 시간과 에너지가 없기 때문일 테다. 그럼 그때의 일도 세상의 순리쯤으로 이해해야 하는 걸까? 실무자들이 생각하는 청년을 위하는 일과 나의 생각이 아주 다르다는 것을 깨달았던 일. 새해부터 나를 좌절하게 만든 그 일을 말이다.

새해가 되고 지자체에서 하나둘 새로운 사업을 시작할 즈음이었다. 청년 동아리를 모집한다는 공고가 올라오고 나서 여러 지인들로부터 신청 권유를 받았다. 인구 혁신이라는 커다란 과제 아래 청년들끼리의 가치 공유를 지원해 준다는 내용이었다. 지원내용에는 적지 않은 금액이 적혀 있었다. 평소나와 언니가 모임 운영에 사비를 쓴다는 사실을 알고 있는 사람들은 거의 설득하다시피 말을 꺼내곤 했다. 낭만살롱이야말로 저 사업의 취지에 딱 들어맞는 모임 아니겠냐는 말들을 덧붙이면서. 그 말이 고마우면서도 신청을 하냐 마냐에 대해서는 막상 고민스러웠다.

지원금을 받는다면 지금 멤버들에게 제공하고 있는 것보다 훨씬 다양하고 깊이 있는 문화 체험의 기회를 건넬 수 있을 것은 분명했다. 모임에 필요한 여러 장비를 구입할 수도 있을 것이고, 타지로 나가야만 가능했던 여러 체험을 강사를 직접 초대해 누릴 수도 있을 것이었다. 하지만 그때까지만 해도 여전히 가장 간절한 것은 모임 공간에 대한 부분이었다. 길거리를 지날 때마다 '임대'가 붙어 있는 빈 공간들을 들여다보면서 내 통장에 찍혀 있는 숫자가 0에 수렴하게 되더라도 저곳을 노려볼까, 하는 생각을 호시탐탐하곤 했다. 군에서 지원을 받을 수 있다면 다름 아닌 공간에 대한 부분이면 참 좋겠다고 생각하고 있던 참이었다. 그런데 동아리 지원금으로 주어진 돈은 공간 임대비로는 사용할 수 없다는 내용이 명시되어 있었다. 그렇다면 가장 간절한 공간에 대해서 지금까지와 마찬가지가 될 텐데 과연 필요가 있을까. 또 망설여졌던 부분은 '성과공유'에 대한 내용이었다. 우리는 어떤 가시적인 성과를 만들어 내기 어려운 모임이었다. 물론 만들어 내기 나름이겠지만 우리가 좇고 있는 가치들을 억지로 꾸며 내는 것에 거부감이 느껴졌다. 우리에겐 '낭만'과 '청춘'이 중요하고, '문화'를 만들고 있다는 사실이 중요한데, 그것들을 유형의 산물로 증명하긴 어렵지 않을까? 설명하기 어려운 내면의 개념들을 수치나 모양으로 만들어 낼 수 있을지 확신도, 자신도 없었다. 운이 나쁘면 우리가 하고 있는 모든 행동들이 평가절하될 수도 있겠다는 두려움도 있었다. 그때까지만 해도 모임을 운영한 지 6개월도 지나지 않았던 시점이었다. 모임 자체의 방향도 가끔 부는 바람에 따라 흔들리고 있는데, 지원을 받는다면 자연스럽게 따라올 책임들까지 감당할 자신이 없었다.

그럼에도 용기를 냈던 건 주위 사람들의 독려도 있었지만, '존재만 알려도' 성공이라는 생각이 또다시 들었기 때문이었다. 없는 줄 알았던 청년들이 모여 있고, 이 지역을 즐기기 위해 나름의 노력을 하고 있다는 사실. 그런 사실만이라도 지역에, 어른들에게, 아직 남아 있을 또 다른 청년들에게 알리고 싶다는 마음이 컸다. 거기에 더해 네크워킹에 대한 욕심도 있었다. 다른 청년 동아리와 소통할 수 있다면 좋겠다는 생각을 늘 하고 있었는데, 좋은 기회가 되지 않을까 생각했다. 우리와 다른 가치를 좇고 각자의 지향점을 향해 나아가고 있을 청년들이 궁금했다. 그런 청년들을 알게 되고 소통하고 가치를 공유하다 보면 이곳에서 살아가는 일이 즐거워질 가능성이 한 가닥이라도 더 연장될 것 같았다. 결국 지원금보다는 그런 것들에 마음이 동한 것이다.

신청서를 적기 위해 화면을 켰을 때까지만 해도 나의 마음은 야심찼다. 이왕 마음먹은 것이니 최선을 다하고 싶었다. 우리 모임에 대해 멋지게 설명해서 선정되진 않더라도 한 명이라도 더 우리를 아는 계기가 되었으면 좋겠다고 생각했다. 하지만 내가 작성을 그만두고 휴대폰을 들기까지는 오랜 시간이 걸리지 않았다. 모임 구성원의 주민등록번호와 주소지를 적어야 하다니! 개인정보를 이렇게까지 수집할 필요가 있나, 의문이 들었지만 존중하기로 하고 어떡해야 하나 고민에 빠졌다. 우리 모임은 이름을 제외한 모든 정보가 비공개인 컨셉을 갖고 있었다. 서로를 존재 그 자체만 바라보고, 대화를 나눌 때 선입견을 갖지 않으며, 익명성이 희박한 지방에서 자유로운 관계를 맺기 위해서였다. 그런 컨셉을 열심히 고수하고 있는데 주민등록번호와 주소지를 알아내야 하다니, 여간 난감한 일이 아니었다. 잠시 고민한 뒤 정면돌파를 선택했다. 이런 사업에 지원하려고 하고, 지원하려 마음먹기까지의 과정은 어떠하고, 만약에 선정된다면 어떤 점이 우리에게 좋을지를 설명하며, 혹시 이런 뜻에 도움을 주실 분이 계시다면 호스트 개인 톡으로 정보를 알려 달라고 청했다. 공지를 띄워 놓곤 초조한 마음으로 기다렸다. 요즘 같은 때 선뜻 자신의 주민등록번호를 내어줄 사람이 있을까? 게다가 익명이 보장되는 줄 알고 들어온 모임에서. 얼마를 기다렸을까, 그렇게 긴 시간이 지나지 않은 것은 분명했다. 나는 여전히 공지를 띄웠던 자세 그대로 휴대폰 화면을 노려보고 있었으니까. 이윽고 멤버 몇몇이 개인 메시지를 보내왔다. 아무렇지 않은 듯(그럴 리 없겠지만) 주민번호와 주소를 보내오면서 어떤 멤버는 이런 말을 덧붙이기까지 했다. 늘 도움이 되고 싶었는데 이런 도움이라도 줄 수 있어 기쁘다고. 나는 눈물을 그렁거리며 다시 화면을 켰다. 우리 모임에서 청년들이 어떤 경험을 하고 있고, 할 수 있으며, 앞으로 하게 될지 멋들어지게 적어 내려갈 자신이 있었다.

　하지만 또 얼마 가지 않아 나는 다시 멈칫했다. 아무래도 주소지를 적어야 한다는 부분이 마음에 걸렸다. 공고문이나 안내에는 어떠한 말도 적혀 있지 않았지만, 혹시나 고성군 주소를 가진 구성원으로만 이루어져야 하는 걸까? 우리 모임은 그때부터도 타 지역 멤버들이 많았다. 고성에 살다가 타 지역으로 갔으나 모임에 남아 있는 경우, 원래부터 인근 타 지역 사람인데 그곳에도 이렇다 할 청년 모임이 없어 일부러 고성까지 와서 참여하는 경우, 고성에 발령받아 직장을 다니는 중인데 사택 제공 등의 이유로 주소지를 아직 옮기지 않은 경우까지. 그런 이유로 주소지가 고성이 아닌 멤버들이 절반이 조금 안 될 정도로 많았다. 개인정보를 사용하라며 흔쾌히 내어준 멤버의 경우도 마찬가지였다. 몇몇이 보내 온 주소지는 고성이 아니었다.

혹시나 하는 마음에 청년협의체에 소속되어 있어 관련 사항을 잘 알 만한 멤버에게 문의했다. 혹시 이런 사항에 대해 들은 것이 있냐고. 그러자 그는 아무렇지 않은 듯 대답했다. 당연히 타 지역 사람도 가능하고, 모임장이 고성에 주소를 두고 있거나 모임이 주로 고성에서 이루어지기만 하면 된다는 것이었다. 이런 내용을 이미 청년협의체 회의에서 문의한 사람이 있었고, 그때 담당자가 분명하게 답변했다고 했다. 이미 신청했거나 신청 예정인 다른 동아리도 비슷한 사정이라는 것이었다. 고성 사람들끼리만 이루어진 동아리만 지원할 것이라면 지원 대상은 이미 정해진 것이나 다름없다고. 그렇다면 문제 될 것이 없었다.

하지만 나는 '잘' 하고 싶었기 때문에 한 번 더 확인할 필요가 있었다. 주소지가 고성이 아닌 사람이 포함된 것은 상관없겠지만, 멤버 구성의 비율이라거나 다른 필요한 조건이 있을지도 모른다는 생각이 들었다. 휴대폰을 들어 문의처로 전화를 걸었다. 내심 우리 모임의 시작을 도와주었던 주무관이 전화를 받았으면 좋겠다는 생각이 들었다. 모임 홍보를 도와주고 청년센터 공간을 내어줄 때 무언의 격려도 함께 건넸던 그 사람. 하지만 일이 그렇게 잘 풀릴 수는 없는 모양이었다. 전화를 받은 낯선 주무관에게 나는 한참이나 우리 모임에 대해 설명해야 했다.

"그래서 모여서 뭘 하시는 모임이라고요?"

그녀의 목소리에는 경계와 의구심이 한가득이었다. 그런 반응을 어느 정도 이해할 수는 있었다. 이미 여러 번 겪은 반응이었기 때문이다. 고성이라는 이 작은 시골에서, 전혀 낯선 청년 모임이 하늘에서 떨어진 듯 갑자기 등장했는데, 게다가 구성원이 스무 명이 넘어간다니. 사이비 종교단체 같은 불순한 의도를 가진 모임으로 보일 수도 있을 것이다. 원래부터 청년들이 넘쳐 나는 지역에서는 전혀 이상할 것 없는 일들도,

지나가는 불특정한 사람을 '갸가 갸인 줄(걔가 걔인 줄)' 한두 사람에게만 물어도 알게 되는 이런 작은 시골에서는 이상한 일이 되는 법이다. 솔직하게 경계를 드러내는 그녀에게 우리 모임에 대해 설명하는 일은 꽤 까다로웠다.

"이곳에서 누리기 힘든 문화를 스스로 만들어 가고자 하는 모임이에요. 정규 모임은 한 달에 한 번 영화를 보고 모여 대화를 나누는 것이고요, 그것 외에 다른 취미 활동도 함께 할 수 있고요..."

대강 저런 맥락의 설명들을 했던 것 같은데, 어째 말이 길어질수록 명쾌해지지 않는 느낌이었다. 설명을 덧붙일수록 우리 모임이 모여서 하는 일들이 사소해지는 느낌이랄까. 여전히 물음표를 잔뜩 묻히고 있는 듯한 휴대폰 너머의 음성에 나도 모르게 주눅이 들었다.

"그럼 영화 모임인 건가요?"

"아, 그렇게 생각하셔도 되는데, 그것보다는 그냥 문화를 즐기는 모임이라고 생각해 주시면 됩니다. 저희가 어떤 활동들을 하는지는 인스타그램 계정을 봐 주시면 자세히 아실 수 있어요. 혹시 괜찮으시다면 계정을 알려드릴까요?"

여전히 경계를 풀지 않는 그녀에게 백 마디 말보다도 소셜 미디어 계정을 알려 주는 게 나을 거라는 생각이 들었다. 멤버 모집의 과정부터 첫 모임, 현재에 이르기까지 꾸준한 업로드를 이어 왔고 팔로워 수도 100명 정도를 갓 넘은 시점이었다. 그다지 적극적이진 않은 그녀에게 인스타그램 계정을 알려 주고 모임을 설명하느라 어느새 뒷전이 된 문의 사항을 설명했다. 우리 모임은 물론 우리 지역 청년들이 주축이지만 주소지를 타지에 둔 멤버들이 많이 있다고. 하지만 이 모임만을 위해 고성으로 방문하는 청년들이며, 고성에서 소비생활을 하고 문화생활을 하는 사람들이라고. 괜스레 불안한 예감이 들어 그런 설명들까지 덧붙였다. 그 멤버들을 구성원 명단에 넣어도 되겠느냐는 나의 질문에 그녀는 눈에 띄게 당황하더니 명쾌한 답을 내놓지 못했다.

"내부적으로 의논을 좀 해 봐야 할 것 같은데요. 다시 연락 드리겠습니다."

순간 '아무 문제없다.'는 단언을 들었다는 다른 멤버들의 말이 떠오르면서 머릿속이 시끄러워졌다. 왜 다른 데서 했다는 말과 내게 안내하는 말이 다른 것일까? '알던' 사람이 아니라서? 우리 모임의 존재가 의심스러워서? 거의 피해망상에 가까운, 제발 아니었으면 하는 질문들이 머릿속에 맴돌았지만 일단 알겠다는 대답을 하곤 전화를 끊었다. 물음표가 천개쯤 머릿속을 떠돌아다니는 기분이었지만 그래도 행정의 일관성을 믿으려 애썼다. 혹은 전화 받으신 분께서 사업에 대해 잘 모를 수도 있으니 내부 회의 후에는 내가 전해 들은 것과 같은 대답이 들려올 것이라고 기대했다. 하지만 다시 걸려 온 전화 속 대화는 전혀 다른 방향으로 흘러갔다.

"저희가 고성 군민들에게 지원해 주기 위한 사업이다 보니까요. 아까 멤버가 많다고 하셨지요?"

"네... 스무 명쯤 됩니다."

"그럼 명단에는 고성 분들만 올려 주시고요. 타지 분들이 함께 활동하시는 것까진 모르는 척해드리겠습니다."

사실 진작부터 실처럼 가늘었던 믿음이 툭, 소리를 내며 끊어졌다. 나의 이성의 끈도 함께. 간이 콩알만 해서 여간해선 타인에게 화를 내는 법이 없는 내가 무지막지하게 화났던 이유는 두 가지였다. 첫째로 사업의 본질을 잃어버린 처사에 화가 났고, 둘째로 '잘 아는' 고성 사람에게 안내했던 것과는 전혀 다른 답변을 '잘 모르는' 어느 청년에게 뒤집은 손바닥마냥 내밀었기 때문이다.

물론 이 모든 일들이 나와 통화한 주무관의 잘못은 아니라는 걸 알고 있다. 나 역시 공공기관에서 근무하고 민원인을 상대하므로 나같이 고분고분하지 않은 민원인이 얼마나 그녀의 머리를 아프게 할지도 잘 알고 있다. 하지만 그런 이유들로 입 다물고 넘어가기엔 내가 우리 모임을, 이 지역을 너무 사랑했다.

"제가 들은 얘기와 다르네요. 다른 곳에서는 다르게 안내하시지 않았나요? 저희 멤버가 그곳에서 분명히 들었다고 해서요."

"아...... 그분 성함이 뭔가요?"

휴대폰을 든 내 손이 파르르 떨렸다. 원래도 내 손은 잘 떨리긴 한다. 화가 나거나 억울하거나 슬플 때. 하지만 이렇게까지 나 스스로 손의 떨림을 긍정한 적은 없었다. 그래, 손이 떨릴 만큼 화가 나는구나. '그 사람'이 누구인지가 중요한 일일까? 이름을 묻는 저의가 뭘까?

"그 멤버뿐만이 아니에요. 다른 분도 타 동아리의 회장으로서 지원하려고 준비 중인데, 타지 사람도 가능하다는 답변을 들었다고 했습니다."

"아, 네..."

이렇다 할 긍정도, 부정도 없었다. 답답해진 나는 날카로운 말로 쏘아붙였다.

"오히려 타지의 청년들이 문화생활을 즐기기 위해 고성에 온다고 하면 환영하셔야 하는 것 아닌가요? 저희 모임은 앞으로도 타지에서 오는 멤버들을 반길 생각입니다. 그런데 다른 곳도 아닌 군에서 당신들을 사양한다는 말을 제가 어떻게 합니까?"

　나의 처사가 어른스럽지 못했다는 것을 인정하겠다. 나의 이야기가 상대방에게 와닿지 못했을 수도 있다는 것도. 타지에서 청년이 고성에 즐기러 오든지 말든지, 즐길 거리라곤 아무것도 없다고 해도 과언이 아닌 지역으로 굳이 찾아오든지 말든지, 그 사실이 모두에게 중요한 줄 알았는데 나에게만 중요할 수 있다는 것도. 하지만 그렇다면 '인구 혁신'은 어떻게 해낼 생각인 걸까? 안타까운 마음에 말도 더 나오지 않았다. 그들이 걱정하는 게 무엇인지, 거주지 제한에 대한 까닭을 아예 모르겠는 것은 아니었다. 실제로 이후 다른 시, 도의 청년 동아리 지원 사업을 찾아보니 대부분이 해당 지역에 주소지를 둔 청년 지원을 목적으로 하고 있었다. 다만 애가 타는 것은 그 지역들보다 나의 고향이 훨씬 급한 입장이라는 것이다. 한 명의 청년이라도 이 지역을 경험하게 하고 와 보게 하는 것이 절실한 입장이라는 것이다. 진정으로 '인구 혁신'을 생각한다면 충분히 다른 방법이 있었을 것이다. 지역 거주 멤버의 비율을 정한다거나, 활동지를 반드시 이 지역으로 해야 한다거나 하는 등의. 타지의 청년들이 지역으로 온다는 것. 두 팔 벌려 환영해야 한다는 생각은 정말 나만의 것일까.

그렇게 누군가에게 감정을 드러내며 전화를 끊었던 그날, 나는 안 마시던 맥주를 마셨다. 여러모로 나답지 않은 행동을 한 날이었다. 술자리엔 주무관과 통화하는 동안 내가 이름을 팔아 버린 청년협의체의 '그 멤버'와 다른 동아리 회장인 어느 멤버가 함께였다. 그들은 화가 잔뜩 난 나의 마음에 공감해 주고 함께 분노하면서도 한편으론 감정보단 손익을 따져 보면 어떻겠냐는 말을 했다. 그들이 요구하는 대로 해서 일단 선정이 되고 난 후 우리가 가고자 하는 방향이 틀리지 않았음을 증명하면 어떻겠냐는 것이다. 하지만 내 안에서 이 문제는 점점 확장되어 갔다. 단순히 이번 지원 사업에 한해서만 바라볼 문제가 아닌 것 같았다. 이곳에서 태어난 나조차도 갑자기 나타났다는 이유만으로 이토록 경계의 대상이 되고, 손바닥 뒤집듯 제멋대로 뒤집히는 정보를 얻게 되는데, 진짜 아무것도 모르고 공공기관이 정당한 정보를 제공할 것이라 철석같이 믿고 있는 타지인들에겐 어떠할 것인가. 이런 상태라면 진짜 살러 온 타지 청년들은 왔다가도 침이라도 뱉고 달아날 것 같다는 생각이 들었다. 무언가 근본적인 것이 잘못되어도 한참 잘못된 것 같은 강한 느낌.

지방 소멸에 대해 내가 읽었던 최초의 책, 《소멸 위기의 지방도시는 어떻게 명품도시가 되었나?》에서 나는 '관계인구'

라는 개념을 처음 알았다. 1학년 전원의 수가 다섯 손가락을 넘어가지 않으며 내년도 입학생이 있을지 없을지도 미지수라는, 수많은 면 지역 초등학교들을 직접 눈으로 보고 무작정 찾아든 책이었다. 책에는 소멸 위기로 빨갛게 물든 곳이 고향이면서도 잠시 도시로 떠나 있다는 이유만으로 전혀 알지 못했던 것들이 잔뜩 적혀 있었다. '소멸 위기의 지방도시'는 우리의 이야기지만 '명품도시'는 옆 나라 일본의 이야기다. 우리는 지방 소멸에 대해서만큼은 일본이 겪은 세월을 뒤따라가는 중이라는데, 극복하는 과정까지도 과연 따라 할 수 있을지 의문이다. 나는 관계인구에 대해 알고 나서 해결책은 거기에 있겠다고 생각했다. 관계인구에서 출발해 살러 오는 사람으로 발전할 실낱같은 희망이 있기 때문이다. 그래서 모임에 지역 제한을 없앴고, 참여할 수만 있다면 주변 지역의 청년들을 적극적으로 환영했다. 그들이 우리 모임 때문에 한 달에 한두 번이라도 우리 지역에 방문하고 좋은 기억을 갖고 가게 된다면 그들에게 있어 이곳은 '살아 봐도 좋을 지역'이 될 수 있기 때문이다. 그런 희망을 꿈꿨다. 혹은 주변 사람들에게라도 말할 수 있게 되기를. 그 시골에 모임 때문에 몇 번 가 봤는데, 꽤 즐겁고 괜찮은 청년 문화가 있는 곳이더라고. 이런 나의 생각이 무참히 내팽겨쳐졌다고 느낀 그날 안 그래도 써

서 먹지 않는 술맛이 더 처참했다.

다시 생각해 보길 권하는 두 멤버의 설득에도 나는 마음을 돌리지 않았다. 그땐 안타까움과 좌절감에 마음이 갈 곳을 잃어 '결코 군의 도움을 받지 않고 보란 듯이 잘 해내겠다'는 식의 오만한 다짐까지 했다. 선심 쓰듯 타지인들의 활동을 눈감아 주겠다는 식이면 앞으로 지원금으로 어떤 활동을 하든 눈치가 보일 것 같기도 했다. 나는 고성으로 오는 청년들을 환대하고 지원할 것이지, 경계하고 의심하지는 않을 것이다. 이런 나의 태도와 군의 생각이 목적지는 같더라도 접근 방법이 다른 것처럼 느껴졌다. 사소하다고 생각할지도 모를 행정의 태도가 벽을 만든다는 사실을 알아야만 한다. 한편으론 참 외롭고 허탈하기도 했지만, 처음부터 누가 알아주거나 도와주길 바라는 마음으로 시작한 일은 아니었기 때문에 생각했다. 그냥 걸어가던 길을 묵묵히 걸어가자고. 그리고 언젠가 이 일을 글로 쓰자고. 내가 느꼈던 분노와 좌절을 단순한 불평불만으로 남기지 않고, 이런 생각과 시선도 있으니 다시 한번 생각해 보라는 의미에서. 그리고 내 고향을 포기하거나 미워하지 않기 위해서. 글을 쓰려는 마음이 없었다면 많이 미워하게 됐을지도 모른다.

다행히 멤버들은 이런 나의 의사를 존중해 주었다. 무엇보다 우리의 지향점과 가치를 지키는 일이 중요하다고 말했다. 설득은 말이 아닌 우리가 만들어 나갈 것들로 보여 주자고 했다. 그런 멤버들에게 미안하고 고마운 마음으로 나는 그저 할 수 있는 일에 최선을 다했다. 그로부터 긴 시간이 지났지만, 우리 모임은 여전히 어떠한 지원 없이 아직까지 순항 중이다. 우리끼리 마음을 모으고 하고 싶은 일을 하며 지역에서의 행복을 한 땀 한 땀 엮는 중이다. 다행스럽게도 그 과정에서 그 때의 선택을 후회하게 될 만한 일은 전혀 없었다. 방향은 다르지만 나름대로 갖은 노력을 하고 있는 관의 모습에 마음이 누그러지기도 했다. 하지만 인근 지역에 주소를 둔 '타지인' 멤버가 많아질수록, 그 '타지인'들이 이곳에 찾아와서 우리와 함께 웃고 삶을 나눌수록 생각한다. 이 청년들과의 시간이 어떻게 '모르는 척'해야 되는 일이 될 수가 있겠냐고.

3개월마다 이별을 한다

모임을 만든 지 오랜 시간이 지났다. 그 시작부터 지금까지 쭉 같은 멤버들이 함께했던 것은 아니다. 우리는 3개월 단위로 멤버를 새로 모집하고 있다. 갑자기 생겨난 우리의 존재가 신기한 어른들로부터 왜 굳이 시즌제를 택했냐 하는 물음이 여러 번 있었다. 모임의 안정성을 위해서라도 시즌제를 할 필요가 있냐는 것이다. 너무 쉽게 왔다 쉽게 가게 되지 않겠냐고. 그럴 때마다 꽤 단호하게 입장을 고수했던 것은 이미 지방과 이곳 청년들의 특성에 대한 고민을 선행했기 때문이다. 그 특성은 다음과 같다.

첫째, 영영 지방에 머무를 청년은 극히 적다.

안타깝지만 사실이다. 첫 시즌을 시작했을 때, 모여든 스무 명의 청년 중 이 지역에서 태어나고 자리까지 잡은 로컬은 절반에 미치지 못했다. 나머지 인원은 직장 때문에 잠시 머무르고 있는 상태여서 언제든 떠날 준비가 된 청년들이었다. 그들에게 있어 이 변두리 지방은 몇 개월, 혹은 몇 년 동안 살다 갈 곳에 불과하다. 오지 근무로 인한 승진 점수만 쌓으면 미련이 없다. 그런 상황에서 책임과 무게를 감수하려는 사람이 얼마나 될까? 바꿔 말하면 마음을 가볍게만 해 준다면 혹하지 않을까? 3개월이라는 시간 동안 모임을 겪어 보고 더 머무르고 싶다면 머무르되, 떠나고 싶을 때도 별다른 절차 없이 다음 시즌을 신청하지 않는 것으로 의사 표현이 갈음된다면, 한번 경험이나 해 보려는 마음이 생기지 않을까? 나는 그들이 머무른 동안만이라도 이곳에서 즐거웠던 기억을 갖게 되었으면 싶었다. '고성? 몇 년 살아 봤지만 젊은 사람들 할 거라곤 하나도 없더라.'는 회상만 하지 않았으면 했다.

둘째, 지방은 좁고 좁으며 또 좁다.

'좁다'는 것이 지리적인 거리를 말하는 것은 아니다. 나의 고향은 면적으로만 따지자면 열여덟 개의 시·군이 있는 경상남도에서 열 번째로 큰 면적을 갖고 있다. 중간 등수는 되는 셈이다. 부산의 위성도시 역할을 하며 드물게 인구가 증가하고 있는 양산시보다도 넓다. 하지만 그중 상가가 모여 있고 그나마의 문화 시설이 있어 '중심지'라고 할 만한 읍내는 아주 좁다. 그곳의 인구 밀도가 높은 데다 전체 인구수는 5만

명이 넘지 않다 보니 읍내를 다니다 보면 지나가는 사람들이 모두 '갸가 걔다(그 애가 그 애다)'라고 밖에 표현이 안 된다. 나 역시 도서관에서 일하다 보면 가끔 이런 말을 하는 이용자들을 만난다.

"사서 선생님, 어제 ○○○에서 식사하셨죠?"

나는 언제나 놀란 눈을 하고 되묻는다.

"절... 보셨나요?"

그러면 이어지는 말들을 통해 내가 무슨 옷을 입고 어떤 메뉴를 먹었는지까지 강제 회상할 수 있다. 그렇다. 읍내에서 식사를 하거나 커피를 마시거나 걷거나 뛰거나, 그냥 존재하기만 해도 아는 사람 누군가에겐 목격되는 이곳을 '좁다'라고 말할 수밖에. 사생활이 중요하고 아무리 가까운 사람들이라 하더라도 사회적 거리가 존재하길 원하는 젊은이들에겐 사방에 감시자가 있는 감옥같이 느껴져도 이상하지 않다. 그런 이유로 익명성을 갈망할 이곳 청년들이 누군가와 관계를 더 맺는 것에 부담을 느끼지 않으려면 자유를 은유할 수 있는 장치가 필요했다. 그 장치 중의 하나가 시즌제인 것이다.

셋째, 인간관계에 부담을 느끼기엔 먹고사는 일이 이미 버겁다.

청년이란 존재는 그렇다. 정착하고자 마음을 먹었더라도

미래가 걱정스럽고, 과연 이곳에 머무르는 게 맞나 하는 고민이 되고, 지금 당장 즐거운 일이 있더라도 이게 내 삶에 '도움'이 되는 것인지 마음 한쪽이 걸린다. 생계에 대한 완전한 해결로 고민 하나 없는 젊음이 얼마나 될까. 그런 고민이 깊어지다 보면 어제까진 좋았던 관계가 갑자기 짐처럼 느껴지기도 한다. 모든 것을 그만두고 밥벌이에 매진해야 할 것 같은 조급증이 밀려오기도 하고, 총량이 정해져 있는 나의 에너지를 내 앞길을 챙기는 데 쏟아부어야 할 것만 같은 부담감이 덜컥 짓누른다. 그런 청년도 존중받아야 한다. 그런 조급함과 부담감에서 구해 주진 못하더라도 짐이 되진 말아야 한다. 그래서 가입과 탈퇴가 어렵지 않도록, 한번 경험해 보는 가벼운 기분이 들도록 할 필요가 있었다.

여덟 번째 시즌을 진행하고 있는 시점에서 모임을 거쳐 간 청년은 120여 명이 훌쩍 넘어갔다. 첫 시즌부터 쭉 함께하고 있는 멤버가 있는가 하면 가입 후 한 번의 참여도 없이 그대로 사라진 멤버, 다른 지역 발령으로 떠나간 멤버, 타 지역으로 갔지만 모임과의 끈을 놓고 싶지 않다며 남아 있는 멤버, 일이 바쁜 시기라 잠시 쉬다 오겠다는 멤버 등 다양한 경우가 있었다. 모든 경우가 존중받아 마땅하고 어쩌면 시즌제를 선택한 의도대로 잘 활용되고 있는 것이라 할 수 있다. 그런데 문제는 뜻밖의 곳에 있었다. 시작과 끝이 반복되는 시즌이 거듭될 때마다 그 모든 일이 나에겐 작은 이별이 되었다. 나는 3개월마다 이별을 하는 사람이 되어 버린 것이다.

진작에 스스로가 이별에 취약한 사람인 줄은 알았지만 이토록 단련이 되지 않는 줄은 미처 몰랐다. 무엇이든 반복하면 나아지기 마련일 텐데 헤어짐이라는 것은 도통 익숙해지질 않았다. 사실 '헤어짐'이라고 하기도 민망한 것이, 온다 간다 말 한마디 없고 손 한 번 흔들지 않는 것도 헤어짐이라 할 수 있을까? 이별이라 할 수 있을까? 그런데도 나는 누군가 한 명씩 떠나갈 때마다 혼자 마음이 쓰렸다. 그가 가입한 순간 어떤 삶을 사는 청년인지 궁금해하고 설렜던 것, 모임에 즐거움을 느꼈으면 좋겠어서 전전긍긍했던 애달픈 순간이 떠나는 사람 인원수만큼 스쳐 지나갔다. 혹시 떠난 이도 마음이 아팠을까? 그러길 바란다고 하면 비웃음을 살지도 모른다.

열심히 활동했던 멤버가 떠나는 건 특히나 더 아렸다. 호스트이긴 하지만 나도 모든 게 처음이라 확신을 갖기 어려운 상황에서, 마음을 잔뜩 내어주고 서로를 응원해 줬던 이가 떠나가면 함께했던 모든 순간들에 대해 의구심이 솟구쳤다. 내가 뭘 잘못해서 떠나는 걸까? 모임의 운영이 무언가 잘못된 걸까? 모임 때문에 상처받거나 기분 상하는 일이 있었을까? 그가 사정을 설명하거나 따뜻한 인사를 건네며 떠났을 땐 달랐지만, 그렇지 않은 대부분의 경우 혼자 속앓이를 많이 했다.

시절 인연임을 알고 있고 떠나는 일에 부담을 갖지 말라며 시즌제라는 장치를 선택한 것도 나인데, 이토록 마음에 생채기가 잘 나니 듬직한 호스트가 되긴 글렀다는 생각도 든다. 한편으론 잠시 쉬다 돌아오겠다며 응원의 말까지 덧붙인 후 떠나는 상냥한 사람들이 있다. 그들에겐 찡한 감동과 사람으로서의 존중을 느끼면서도 그런 귀한 마음을 받기엔 부족하다는 죄의식이 양립한다.

오는 덴 이유가 없을 수 있어도 떠나는 덴 이유가 있을 것이다. 말없이 떠났든 손 흔들고 떠났든 단 한 가지만 안고 갔으면 좋겠다. 우리와 함께했을 때 귀를 스쳐 지나간 긍정의 말 한마디, 누군가 자신을 향해 웃어 줬던 환대의 기억, 연고 없는 지방에서 어딘가에 소속된 적이 있다는 성원의 기쁨. 누군가 그런 것들과 함께 이곳을 기억할 수만 있다면 생채기가 얼마나 나든 조금은 더 감당해야 할 것 같다는 생각이 든다.

수명을 연장당했다

청년들의 이야기를 듣고 싶다는 연락을 받았다. 우리의 존재를 알고 이야기를 듣고 싶어 하는 누군가 있다는 것은 반갑고 기쁜 일이었다. 지역 축제에 우리 부스를 찾은 많은 이들이 명함을 내밀거나 연락처를 요구했지만 그중 실제로 전화를 걸어 온 이는 두 명이었다. 그저 우리 이야기를 듣고 싶다는 제안이 감사해서 그중 한 명과 만날 약속을 정했을 때 자연스러운 고민이 뒤따랐다. 어떤 방식으로 만나서 어떤 이야기를 나누어야 할 것인가. 그때 당시 '우리'라는 이름 안에 존재하는 모임의 멤버는 스무 명가량이었다. 하지만 정치인에 대해 반사적인 반감을 가진 청년들이 있었고 아직 우리끼리도 서로를 알아 가는 단계였다. 모임의 목적 자체에 대한 의심이 생기지 않을까 우려가 되기도 했다. 고민 끝에 모임의 방향에 대한 굳건한 믿음을 갖고 도와주는 서포터들에게만 동의를 구하고 함께 만날 약속을 정했다.

어느 카페에서 진행된 만남은 생각보다 훨씬 편안한 분위기로 흘러갔다. 이야기 나누고 싶은 것들을 급하게 정리한 프레젠테이션을 켤 겨를도 없었다. 이미 같은 지역에 살고 있고 그 지역을 사랑하고 있다는 공감대 하나만으로 대화는 끝없이 확장되어 갔다. 눈앞에 있는 상대방이 진짜 이야기를 듣고 싶어 한다는 것은 몇 마디 나누어 보지 않아도 알 수 있는 사실이었다. 그 사실이 확인되자마자 어마어마한 안도감이 찾아왔다. 청년이 귀한 지방에서 청년과의 만남을 내세우기 좋은 선전 도구로 활용한다거나 이익을 얻기 위한 수단으로 소비한다는 것은 익히 들어 알고 있는 사실이었다. 하지만 혹시나 진심이 통하는 상대라면 관에게 우리의 의견을 효과적으로 전달할 수 있는 가장 탁월한 수단일 것도 사실이었다. 다행히 '혹시나'가 맞아떨어지는 대화가 이어졌다. 숨통이 트이는 순간이었다.

대화는 주로 결핍에 대한 호소로 흘러갔다. 이곳에 살고 있는 청년들이 진짜 원하는 게 무엇인지 말하기 위해 노력했다. 우리가 이야기할 곳이 없었던 것처럼 저들도 들을 곳이 없었을 것이다. 원래 알고 있었던 청년들의 욕구에 대해 우리가 말을 덧붙이고, 인증하고, 혹은 수정하는 식의 이야기들이 오고 갔다. 일자리, 주거, 문화생활, 대중교통에 대한 화두, 나아가 이 지역이 어떻게 하면 조금이라도 늦게 소멸할 수 있을 것인가에 대한 이야기. 그러던 중 한 가지 물음이 던져졌다.

"청년 나이가 45세까지로 연장된다면 어떻겠어요?"

말이 끝나자 잠시간의 정적이 흘렀다. 우리는 눈알을 굴리며 서로를 바라봤다. 그중에서도 나는 아주 어리둥절해져서 되물었다.

"45세라고요?"

그러면서 나는 깨달았다. 누가 붙여 준 적도 없는 청년이라는 명찰을 달고 당연하게 모임을 만들어 운영하고 있지만 그 범주에 대해서는 진지하게 생각해 본 적이 없다는 것을. 모임의 나이 제한을 정할 때도 큰 고민을 하지 않았다. 관심사가 비슷하고 같은 세대를 공유하며 SNS 알고리즘이 비슷해 이야기가 통하는 상대들은 20~30대일 것이 당연했다. 그런 생각에 정한 모임 가입 연령도 20세에서 39세까지였다. 그러고 보니 '청년'이라는 범주의 공식적인 나이는 몇 살까지일까.

"지자체에서 하나둘씩 청년 나이를 올리고 있어요."

저 말을 듣고 불쑥 반감이 올라왔다. 그렇게 정직한 방법은 아니라는 생각이 들었다. 단지 늘어난 청년 인구수를 전시하려는 수작이 아닐까? 물론 수긍이 가는 부분도 있었다. 백세 시대, 모든 생애 주기가 한 칸씩 뒤로 밀리고 있었다. 예전 같았으면 결혼해서 자녀까지 낳았을 나이가 요즘엔 겨우 취직이나 했을까, 했더라도 휴학이나 취업 준비 기간이 길지 않았을 경우에만 해당되는 나이가 되었다. 그 나이가 지나고 나서도 결혼은 또 한참 먼 이야기. 직장을 갖는다고 해서 결혼할 자금이 뚝딱 생겨나는 것은 아니기 때문이다. 결혼이라는 인생 단계에 도달하기까지는 얼마나 또 갖은 노력이 있어야 하나. 취직 준비를 위해 미루어 두었던 소소한 행복과 바람들을 이번엔 결혼을 위해 미루어야만 한다. 이미 이때 결혼을 포기해 버리는 청년들이 생겨난다. 결혼이 필수가 아닌 선택이 되어 가고 있는 시대 흐름 속에서 인내와 성취에 대한 보상까진 포기하고 싶지 않았을 것이다. 어느 정도 여유가 생겨 다른 사람과 생을 합칠 준비가 되었다고 해도 그때 가서 비슷한 조건의 이성을 찾기란 하늘의 별 따기다. 자연스러운 만남을 추구하는 것은 대학교 때까지나 가능한 이야기고, 이렇게나 힘들게 준비한 내 인생의 나머지를 아무나와 함께할 순 없는 노릇. 철저히 따지고 계산하는 만남이 시작된다. 결혼을 희망하는 사람들은 상대를 찾아 동호회, 소모임, 결혼정보회사 등을 두드리지만 금세 지쳐 버리곤 한다. 사람을 만나고자 하는 것인지 비슷한 조건을 쇼핑하는 것인지 분간할 수 없는 만남의 연속에서. 그나마 그런 만남의 기회라도 찾는다면 다행이다. 결혼 성비 불균형이 심각한 것은 이미 잘 알려진 이야기다. 특히 지방으로 갈수록 그 정도는 더 심해진다. 그렇다 보니 누군가의 결혼 소식, 아니 연애 소식만 들려오더라도 진심으로 축하해 주기에 이르렀다. 이 열악한 상황에서도 짝을 찾았구나. 나의 주위만 해도 그랬다. 서른이 훌쩍 넘은 지금도 결혼한 친구보다 그렇지 않은 친구가 훨씬 많았다. 결혼에 대한 이야기를 하자면 한참을 더 해야 하지만, 일단은 그렇게 생의 단계가 한참씩이나 뒤로 밀렸다는 이야기다. 아니 이제는 그 생의 단계 자체에 대한 생각을 뜯어고쳐야 할 지경이다.

상황이 이렇다 보니 복지의 사각지대가 생겨난다는 것이다. 청년기본법에서 정하고 있는 청년의 범위는 34세까지다. 따라서 청년으로서 누릴 수 있는 각종 복지혜택 또한 34세까지로 제한된 경우가 많았다. 그렇다면 흔히들 청년이라고 생각하는 이미지 속에서 머물러 있는, 미혼이거나 취직을 준비하고 있거나 아직 자리를 잡지 못한 사람들이 나이는 34세를 넘겨 버렸을 경우 억울한 일이 생겨 버린다. 우리는 어디에 속해 있으며, 왜 국가에서 보호해 주지 않느냐는 불만이 터져 나오는 것이다. 그런 입장에서 생각해 본다면 충분히 고려해 봄직한 일이다. 청년 연령을 높인다는 것. 애초에 청년

기본법에서도 법령이나 조례에 따라 청년 연령을 다르게 적용할 수 있다고 말하고 있다. 이는 각 지역에 따라 청년들의 삶과 행태에 대한 편차가 클 것을 염두에 둔 것일 테다. 지역에서 청년으로서 혜택을 받을 수 있는 사람들의 수를 늘린다는 것은 그런 점에서 의미가 있다. 어찌 보면 당연한 수순이라는 생각까지 든다.

하지만 여전히 고민거리는 남아 있다. 어떻겠느냐는 저 물음에 "암요, 당연히 그래야죠."하는 식의 대답이 덥석 나오지 않았다. 우리는 그때 이런 말을 했던 것 같다. 앞으로 아마도 청년 연령을 상향하는 것은 어쩔 수 없는 시류가 될 테지만, 그것이 가져올 역효과가 분명하게 보인다고. 20대가 하는 고민과 30대가 하는 고민, 또 40대가 하는 고민은 다를 수밖에 없다. 관에 원하는 것, 요구하는 것 역시 다를 수밖에 없다. 그런 이들을 하나로 묶는 것을 과연 정답이라고 할 수 있을까? 또 한편으론 이런 생각이 들었다. 인구 소멸 위기에 직면한 지방에서부터 정주인구를 늘리기 위해 청년 연령을 상향하고 있다는데, 반대가 되어야 하는 것 아닌가? 생애 주기가 늦춰지고 미혼이 늘어 가며 20~30대와 크게 다를 바 없는 형태의 40대는 오히려 도시 쪽에 몰려 있었다. 청년으로서의 혜택이 필요하지만 나이를 이유로 사각지대에 있는 쪽은 오히려 도시의 삶이라는 것이다. 그런데 청년 연령 상향의 움직임은 지방에서부터라는 점이 아이러니하게 느껴졌다.

청년 정책이 진짜 청년들에게 가닿고 적중하려면 좀 더 섬세해야만 한다. 직접 목소리 내기 위해 모인 청년들끼리도 의견이 대립한다. 어떤 정책이 필요하냐에 대한 생각들이 각자의 삶에서 벗어나지 못한다. 당연한 일이다. 어떤 이들은 자녀를 둔 청년으로서 어린이를 위한 놀이 시설을 증립하길 원한다. 청년 정책이라는 이름 아래에서. 이는 아이는커녕 결혼도 하지 않은 다른 청년들에게 공감대를 불러일으키기 어렵다. 어떤 청년들에겐 그 의견 자체가 잔인하게 느껴질 수도 있다. 또 이런 경우도 있다. 청년센터에선 평일 오후나 오전 시간에 청년을 대상으로 한 다양한 프로그램을 진행한다. 과연 누굴 대상으로 하는 것인지 의아하다는 생각은 나만 하는 것일까? 그런 프로그램의 자리를 채우는 이들은 내가 생각하는 청년과 동떨어진 경우가 많다. 이쪽을 포함시키면 저쪽이 소외되고, 저쪽을 돌아다보면 이쪽이 불만을 가지는 현장에서 좀 더 세심한 방식의 포용이 필요하다.

우리 말을 진지하게 듣고 있던 이에게 청년 연령이 상향되어야 한다면 세부적인 카테고리를 나눌 필요가 있다고 말했다. 청년이라는 큰 범주 아래서 공통적으로 누릴 수 있는 혜택을 제공하되, 보다 세부적인 갈래를 나누어 복지의 정확성을 높여야 한다는 것이다. 45세까지 연장된다면, 청년이라는 같은 이름 아래에서 너무나도 동떨어진 삶들이 어리둥절한 채로 묶여 버리게 된다. 가장 직설적으로는 20대, 30대, 40대를 나누어야 하고 더 발전적으로는 기혼과 미혼, 구직자와 취업자, 지방의 경우 이곳에 살게 된 계기까지 고려해야 한다. 화합은 서로를 머리로도, 마음으로도 이해할 수 있을 때 생겨날 수 있을 것이다. 하나의 명칭으로 묶어 둔다고 해서 아무 반찬이나 올라간 숟가락을 눈감고 받아먹을 이는 아무도 없다.

그런 대화가 있은 뒤 해가 바뀌자마자 내 고향의 청년 연령은 45세까지로 수정되었다. 이곳뿐만이 아니었다. 청년 인구 급감으로 벼랑 끝에 몰린 많은 지자체에서 청년 연령을 올리고, 심지어는 49세까지로 상향하는 곳도 생겨났다. 고맙다는 얘기도 들려왔다. 청년으로 만들어 준 덕분에 누릴 수 있는 혜택이 늘어났다고, 참 살기 좋은 지역이라는 얘기와 그에 따른 애향심이 피어오르는 광경을 목격했다. 하지만 우려했던 일도 보란 듯이 일어났다. 청년센터에서 진행하는 프로그램에 원래의 청년들이 끼일 자리가 줄어 간다는 볼멘소리가 들려왔다. 오히려 소외받는 청년들이 생겨났다. 어쩔 수 없이 늘어난 청년의 존재만큼 전에 없었던 수요가 상당히 반영되어 갔고 그것은 범위는 넓어졌을지언정 깊이는 얕아졌다.

이후 모임 단톡방에 어떤 이미지가 올라왔다. UN에서 발표한 연령 구분을 표로 나타낸 것이었다. 자세히 들여다보다 실소가 나왔다. 세상에, 65세까지가 청년이란다.

"우리 65세까지 모임할 수 있겠네요!"

45세까지로 연장된 줄 알았던 청년 수명이 무려 20년이나 더 늘어난 셈이었다. 한층 더 젊어진 기분이 된 것을 서로 축하하면서도 복잡한 생각이 들었다. 흐름이 그렇다고 해서 아무런 고민 없이 받아들인다면 발전하기 어렵다. 우리 지역이 특별해지려면 끊임없이 날카로워져야 한다. 그래야 틈이 벌어져 있는 미묘한 갈등을 실로 엮어서라도 꿰맬 수 있다. 그만큼 세심한 시선이 필요하다. 지방 소멸을 해결할 수 있는 키가 정녕 청년 인구에 있다면, 그래서 조금이라도 유입을 늘리고 하다못해 가는 청년을 붙잡고라도 싶다면 무턱대고 뭉쳐 놓기보다 파헤쳐서 하나하나 살펴봐야 한다. 욕구를 구체화하고, 세분화해서 받아들여야 한다. 청년 아래서도 단계를 나눠 유형화해야 한다. 복지의 사각지대를 없애고자 한다는 청년 연령 상향의 명분을 달성하기 위해선 말이다. 어느 날 불쑥 너넨 다 같은 청년이니 주는 것 잘 나눠 갖고 사이좋게 지내라고 말하는 대신, 각자에게 필요한 것을 골라 주는 노력이 필요하다. 없는 동질감을 억지로 만들어 내라는 요구 대신 자연스럽게 서로를 응원하게 하는 정책이 필요하다. 청년 연령 상향 자체가 나쁘다는 말이 아니다. 아직 취업조차 못해서 일자리 찾아 지방을 떠나려는 청년이 넘쳐 나는데 왜 청년복지로 결혼과 출산을 지원하느냐는 그런 치우친 불평이 아니다. 수명이 연장당했다고 해서 무작정 기뻐하는 것은, 이미 살 만해진 사람들에게만 해당되는 일이라는 것을 알아 달라는 이야기다. 지역엔 남은 수명마저 반납하고 싶어 하는 청년들이 가득하다. 사각지대를 없애려고 넓힌 울타리에 떠밀리는 청년이 생겨나지 않길 바랄 뿐이다.

떠나는 사람과 남는 사람

나는 원래 미련이 많다. 살다 보니 자연히 객관화가 됐다. 자의와 상관없이 무언가를 포기해야 할 일이 생길 때, 그것이 물질적인 어떤 것일 경우엔 체념이 빨랐다. 원래도 그렇게 풍족했던 적이 없고, 부족하면 부족한 대로 최대한 효율적이려고 노력하는 스스로의 모습이 썩 마음에 들기도 했기 때문이다. 하지만 유독 인연에 있어선 마음 정리가 더뎠다. 누군가와 명백한 이별을 해야 할 때, 혹은 이별이라고 말하는 사람은 아무도 없지만 시절 속에 놓아주어야 하는 사람이 생겼을 때도 미련이 철철 흘러넘쳤다. 이별을 짐작하게 되는 순간이 오면 아무렇지 않았던 과거까지 모두 끄집어내어 의미를 부여하기 시작했다. 상대방과 나 사이에 관계를 만들었던 모든 사건, 물건, 대화들이 세상에 둘도 없는 특별한 무언가처럼 여겨지도록 되새기고 또 되새겼다. 그 정도까지 되면 없었던 서사가 생겨나고 그리 깊지 않았던 마음도 갑자기 부풀어 올라 이 관계가 끝나는 것이 세상이 끝나는 것과 마찬가지가 되어 버린다. 나는 원래 공감을 잘하고 몰입을 잘 하는데, 그것이 상대방과 나의 세계를 동일시하는 지경에까지 이르게 만들었는지도 모른다. 하지만 이런 종류의 미련은 늘 마지막을 지저분하게 만들었다. 행복을 빌어 주기보다 원망으로 점철되는 일이 많았고 '왜?'라고 질문하는 것은 상대방에 대한 배려와는 거리가 멀었다. 정해진 답이 있을 리가 없는데 원하는 답을 이끌어 내려고 서로를 괴롭혔다. 자꾸만 그 질문은 혼자서 목적지 잃은 발자국만 만들어 댔다. 그런 방식의 이별은 틀림없이 상처만을 남겼다. 떠나려는 상대방을 나쁜 사람으로 만들고 남은 자리를 지키고 선 스스로를 비참하게 만들었기 때문이다.

나는 다행히 되돌아볼 줄은 아는 인간이었기 때문에 그때마다 생각했다. 이것은 나의 미성숙함이고, 나의 미련함이고, 그래서 뜯어고쳐야만 하는 나쁜 성질이라고. 떠나려는 사람과 잊혀지려는 인연은 그저 그렇게 되도록 놓아두는 게 맞다고. 그리고 어렴풋이 짐작했다. 마침내 그럴 수 있게 될 때, 진심을 홀대하지 않으면서도 담담히 보내 주는 방식으로 상대방을 존중할 수 있게 될 때 나는 좀 더 나은 사람이 될 수 있을 것이라고.

그렇게 인연의 끝에 대한 준비에 꽤 많은 시간을 투자했음에도 나는 여전히 서투르다. 예상은 했지만 깨닫는 것에서 실천하는 것으로 넘어가려면 가랑이를 한껏 찢어야 했다. 청년낭만살롱의 첫 번째 시즌이 끝나갈 때쯤 나는 얼얼한 가랑이에 종종대며 많은 사람들의 눈치를 봤다. 의연한 척하려고 애썼지만 속으론 무척이나 불안했다. 초조하기도 했다. 호기롭게 시작했던 모든 일들에 대한 자신감이 가차 없이 쪼그라들었다. 모두 '끝'에 대한 두려움 때문이었다. '다음 시즌에 참여하지 않는 것으로 탈퇴 의사를 대신한다'는 스스로 정한 룰이 무척 무섭게 느껴졌다. 아무도 두 번째 시즌에 함께하지 않으면 어떡하지? 나는 저 사람이 소중한데, 저 사람은 우리 모임이 의미 없다고 생각하면 어떡하지? 시시하기 이를 데 없는 경험이었다고 결론지으면 어떡하지? 역시 그냥 가만히 있을 걸 그랬다, 이런 회의감의 연속이었다.

나는 그때 당시엔 원래 살던 토박이보다 다양한 이유로 타지역에서 살러 온 청년들에게 더욱 마음을 쓰고 있었다. 왠지 그 청년들을 붙잡아야 할 것 같았기 때문이다. 그들이 떠나면 안 될 것 같았다. 우리끼리 낭만을 찾고 즐길 거리를 만들어 보자는 취지로 만든 모임이지만, 실은 고향의 가능성을 보고 싶은 마음도 컸다. 그러기 위해선 그들이 꼭 필요하다고 생각했다. 고성을 귀하게 생각하거나 사랑할 필연적인 이유가 하나도 없는 그들의 애정을 얻고 싶었다. 그게 이곳이 살아날 가능성을 보여 주는 증거가 될 것만 같았다.

실제로 모임에 들어온 청년들은 원래 고성 사람이었던 사람이 절반, 아닌 사람이 절반이었다. 그렇게 모인 것까지는 흥겹고 좋았는데 그들을 만족시키고 붙잡아 두는 것은 우리의 역량이 속속들이 드러날 수밖에 없는 문제라고 느꼈다. 나를 더 압박한 것은 실제 고성에 살고 있는 청년 인구의 비율도 모임에서 나타난 형태와 크게 다르지 않다는 사실이었다. 2023년 고성군에서 진행한 청년사회경제실태조사에 따르면 고성군 청년 열 명 중 네 명이 타 지역에서 전입해 온 인구였다. 우리 모임에 나타난 멤버 비율과 비슷했다. 그렇다면 그들이 고성에 오게 된 이유는 무엇일까? 전입 이유 중 가장 큰 것은 '가족', 그 다음은 '직장'이었다. 이것 역시 멤버들과 대화를 통해 알게 된 내용과 일치했다. 그래서 이어지는 다음 결과에 더 가슴이 철렁했다. 향후 3년 후에도 고성군에 거주할 생각이 있냐는 물음에 그렇다고 대답한 청년은 49.3%, 잘 모르겠거나 그런 생각이 없는 청년이 나머지 비율인 것이다. 무려 절반이라고 생각할 수 있겠지만, 시즌 마무리를 앞두고 있는 상황에선 겨우 절반이라고 생각했다. 내 옆에 있는 저 소중한 인연들도 절반은 언제든 떠날 생각을 하고 있다는 것 아닌가. 저들을 어떻게 하면 잡아 둘 수 있을까.

　정주의사가 없는 이유는 첫 번째가 학교 및 직장이었고 두 번째가 생활 인프라였다. 첫 번째는 사실 누구나 알고 있지만 누구도 해결하지 못하는 지방의 고질병 중에 하나였다. 청년들이 다닐 수 있는 대학교가 없고 기업이 없다. 하지만 두 번째는 다르다는 생각이 들었다. 생활 인프라에는 많은 것들이 포함되어 있을 것이다. 문화 인프라, 인적 네트워크가 포함될 수 있다. 그런 것들은 막중한 자본이 투입되지 않아도, 작은 날갯짓 같은 결심으로도 보다 나은 방향을 제시할 수 있게 되지 않을까. 그런 생각에 우리 모임의 존재가 하나의 증명이 되었으면 하는 마음이 점점 간절해졌다.

　그렇게 나는 스스로가 만든 압박에 떠밀렸고 얼얼한 가랑이를 애써 무시하며 두 번째 시즌 단톡방을 멤버들에게 공지했다. 마음의 격정을 드러낼 수는 없는 노릇이었다. 미련 있어 보이면 안 될 것이었다. 그동안 무수히 많은 이별을 겪으며 했던 실수를 절대로 반복하면 안 될 것이었다. 어쩌면 마지막일지도 모를 순간을 아름답게 장식하려면 아쉬움을 내보이면 안 됐다. 그동안에 충분히 배운 인생의 교훈이었다.

[앞으로도 청년낭만살롱과 함께하고 싶은 분께서는 아래의 링크로 입장해 주세요.]

텅 빈 카톡방에 가장 먼저 입장해 누군가 들어오는 걸 실시간으로 목격해야만 하는 건 아주 잔인한 일이라는 사실을 깨달았다. 기다림의 시간이 쌓이고, 카톡방이 잠잠한 시간이 길어질수록 나의 좌절도 초 단위로 깊어졌다. 점심시간이니 밥 먹느라 바쁘겠지, 오후 시간이니 일하느라 바쁘겠지, 하는 자위의 말들도 가짓수가 떨어져 갔다. 그러다 결국엔 자책을 시작했다. 역시 안 될 일이었어. 고작 이런 걸로 고향을 살릴 생각을 하다니! 내가 파내려 가고 있는 땅굴이 지구 반대편을 뚫기 직전이었다. 더 우울해지기 전에 카톡방 바라보길 멈추고 다른 일에 집중하려 애썼다.

"주연아, 단톡방 봤나? 생각보다 많이 들어왔던데!"

언니의 저 말이 들린 순간 이미 나도 카톡방을 확인하고 있었다. 아무리 신경쓰지 않으려고 애써도 그럴 수가 없었던 것이다. 다른 일에 집중하길 포기해 버린 나는 한 명씩 멤버들이 들어올 때마다 숨김없이 기뻤다. 저 방문을 열고 사람들이 실제로 걸어 들어오는 기분이었다. 힘껏 달려가 포옹이라도 하고 싶은 심정. 단톡방에 들어 온 멤버 중에는 반드시 함께할 것이라고 믿었던 멤버도 있었지만 그렇지 않은 멤버들도 있었다. 서로 낯을 가려 시즌 내내 제대로 된 대화를 나누지 못했던 멤버도, 표현을 아껴 어떤 마음인지 짐작하기 어려웠던 멤버도 있었다. 그렇게 다음 시즌도 함께하겠노라고 들어온 멤버는 전 시즌의 3분의 2가 훌쩍 넘었다. 말로 다 할 수 없이 기쁘고 고마웠다. 더 가까워지고 싶었는데 떠나 버린 멤버에 대한 아쉬움도 있었지만, 그들에겐 이유도 물을 수 없어 답답하기도 했지만, 그보다 앞으로의 시간들에 더욱 집중해야만 했다.

"재밌어요. 덕분에 고성이 재밌어졌어요."

이곳에 아무런 연고가 없는데 오직 직장 발령 때문에 머물게 된 어떤 청년은, 정규 모임의 마무리 즈음 소감을 나누는 자리에서 저런 말을 했다.

"회사 일 말고는 아무것도 없었는데 다른 세상에 오는 기분이에요."

그의 소감을 들으면서 나는 필연적으로 내가 아는 다른 어떤 청년을 떠올렸다. 신규 직원으로 발령받아 살게 된 시골, 주말에 가족들이 있는 도시로 갔다가 이곳으로 다시 돌아오는 버스 안이 감옥으로 향하는 길인 것만 같았다던, 그런 말을 남기며 직장을 관두고 도시로 돌아갔던 청년이었다. 그를 생각하면 마음이 쓰렸다. 가까이 있으면서도 속수무책으로 떠나보냈던 것에 대해 무력감을 느꼈다. 무엇보다 그가 이곳에서 한 장면의 즐거움도 없이 지냈을 거란 사실이, 그래서 떠날 때도 어떠한 아쉬움도 없었을 거란 사실이 쓰렸다. 단 한순간의 즐거움이라도 있었으면 그렇게 훌훌 떠나진 않았을 텐데. 그에게도 지금 저 멤버가 말하는 것처럼 작은 기분 전환, 잠깐의 재미라도 쥐여 줄 수 있었다면 달라졌을까. 모임 덕분에 이곳 생활이 재밌어졌다는 멤버의 말은 무척 기쁘면서도 마음 한구석을 무겁게 만드는 것이었다.

다음 시즌을 함께하지 않고 떠난 이에게 이유를 물을 순 없지만, 그래서 답답하기도 했지만 어쩌면 나는 답을 알고 있었다. 이 모임에서 기대했던 종류의 즐거움이나 재미를 찾을 수 없다면 떠나는 것이다. 그리고 반대로 모임에 남는 이들의 이유도 분명하다. 지루한 일상에 작게나마 활력이 생기고, 소소한 즐거움이 쌓이는 게 만족스러운 것일 테다. 그렇다면 그런 즐거움이 답이라는 확신이 들었다. 모두를 만족시킬 순 없더라도 능력이 닿는 한 최대한 재밌고 즐겁게 지내보자. 나는 이별에 미련을 두지 않기로 했고 그것이 또 아름답다고 결론을 내린 사람이지만, 모순적이게도 이곳을 떠나는 청년들은 미련을 가졌으면 좋겠다. 이곳에서의 즐거웠던 기억을 더듬고 재밌었던 일을 회상하며 떠나는 발걸음이 무거워지는 그런 한 줄기의 미련. 그런 미련들이 엮여 펄럭이면 언젠가 희망의 바람이 불어올지도. 그렇게 처음 시즌 갈이를 겪으면서 얼얼했던 가랑이는 조금씩 아물어 갔다. 떠나는 사람과 남는 사람을 수없이 겪으며, 단 한 명에게라도 즐거웠던 기억으로 남는다면 더 바랄 게 없다는 생각을 하면서.

3장

하필
낭만을
선택한
우리에게

지금이 미래에게

시작은 작은 놀이에서부터였다. 평범한 만남에 즐거움을 조금 더해 보고자 했다. 그때 즈음의 우리는 모임에서 랜덤 선물 교환을 자주 했다. 소정의 금액 이하의 선물을 준비해 와서 교환하거나, 그때그때의 주제를 표현할 수 있는 선물을 골라와 교환하는 식이었다. 아주 작은 이벤트일 뿐인데 아이처럼 즐겁곤 했다. 이유 없이 누군가의 선물을 고르는 것도, 누군가 나에게 선물을 줄 것이라는 약속도 의외로 흔한 것이 아니었다. 그러던 어느 날, 이번엔 선물을 굳이 사지 말고 원래 갖고 있는 물건 중에서 골라 보자는 의견이 나왔다. 나에게는 쓸모가 없지만 다른 사람에겐 쓸모 있을지도 모를 물건을 주고받기로 한 것이다. 일부러 사지 않고 원래 갖고 있는 물건에서 고르는 것이 조건이었다. 어쩐지 환경에 기여할지도 모른다는 명분도 마음에 들었다. 가끔 지역보다 지구가 먼저 소멸할지도 모른다는 생각이 들었기 때문이다. 버리는 물건이 참여한 멤버의 수만큼은 없어질 것이었다.

'적당한 물건을 찾을 수 있을까' 하는 걱정은 처음부터 하지 않았다. 굳이 노력하지 않아도 네댓 개의 물건 정도가 거뜬히 머릿속에 떠올랐다. 대중의 평가와는 다르게 의외로 내 맘엔 들지 않아 몇 장 읽다 말았던 소설책이라든가, 소셜 미디어 광고에 속아 샀지만 내 생활엔 맞지 않아 무용지물이 된 아이디어 상품이라든가, 도저히 어울리지 않아 쓰고 다니길 포기한 모자도 있었다. 그리고 이 선물들이 누구에게 어울릴지, 누가 쓸모 있게 써 줄지도 어렵지 않게 머릿속에 떠올랐다. 집 안을 이리저리 뒤적이자 미처 잊고 지냈던 다른 물건들도 보물처럼 튀어나왔다. 꽤 반가우면서도 난감한 물건들을 나열해 놓고 보니 그럴싸한 게 한두 가지가 아니었다. 갖고 갈 선물을 고르기 위해 고민해야 할 지경이었다. 모두 멀쩡한 물건들이었지만 버려지는 것이 아니라 다른 누군가 잘 사용할 것이라고 생각하니 내 손을 떠나는 것이 전혀 아쉽지 않았다.

그렇게 모여든 우리의 손에는 정말 다양한 물건이 들려 있었다. 캠핑용 조명에서부터 가방 정리 걸이, 내 피부엔 안 맞지만 남의 피부엔 맞을지도 모르는 선크림, 사 두곤 입은 적

없는 태그도 떼지 않은 새 옷까지. 기대 없이 모였던 우리의 입은 벌어졌고 마치 새 물건을 선물 받은 듯한 기분에 한껏 들떴다. 어쩌다 이런 물건을 샀었냐는, 이 물건은 사 놓고 왜 안 썼냐는 사연을 주고받는 일도 참 재밌었다. 사람마다 물건마다 그럴싸한 이유가 붙어 있어 누군가의 삶 일부가 묻은 소중한 기억을 선물 받은 기분이었다. 그날 우리의 원래 목적은 영화 관람이었다. 전국에서 가장 작은 영화관이라는 이곳의 영화관에서 새로 개봉한 일본 애니메이션 영화를 보는 것이었다. 영화도 인상 깊었지만 더 기억에 남는 건 교환한 물건이었다. 귀가하는 발걸음이 무척이나 충만했다.

그리고 우리는 그때 다 같이 비슷한 말을 했다. 작정하고 찾아보니 의외로 안 쓰는 물건이 많았고, 다른 멤버가 갖고 온 물건 중에 내겐 필요해서 갖고 싶은 물건이 많았다고. 동조하는 이들이 늘어 가자 생각은 꼬리를 물고 이어졌다.

"우리끼리 플리마켓을 열어 보면 어떨까요?"

그렇게 작은 이벤트에서 출발한 제안은 불씨가 붙어 덩치가 커져 갔다. 우리끼리 소소하게 진행하는 것에서 이왕 하는 거 지역 주민을 초대하는 것으로 방향을 바꿨다. 행사의 이름은 '낭만장터'. 우리의 정체성을 드러낼 수 있도록 고민했다. 사람이 모인다는 것은 단순한 밀도를 넘어선 이야기를 만들어 낸다. 삶이 모이고 생각이 모인다. 그 이야기가 이번에도 시작되려는 것을 느끼며 함께 머리를 맞대어 갔다.

처음으로 '우리끼리'가 아닌, 지역 주민과 함께하는 행사를 직접 진행하는 것이어서 어디서부터 시작해야 할지 고민스러웠다. 가장 먼저 멤버들의 수요를 조사했다. 장터를 연다면 갖고 나올 물건이 있는지, 혹은 다른 이의 물건을 구매할 의사가 있는지를 파악했다. 적극적인 참여 의지가 확인되자, 다음으로 해결해야 할 것은 행사가 진행될 장소였다. 늘 공간을 찾아 헤맸던 우리였으므로 걱정이 앞섰던 부분이었다. 하지만 카페를 운영하고 있는 멤버가 흔쾌히 자리를 내어주겠노라 제안했다. 덕분에 널찍한 카페를 마음 놓고 이용할 수 있었다. 고맙게도 그녀는 대관료를 받지 않았다. 이후에도 그녀의 널찍한 카페와 그보다 더 넉넉한 마음은 모임의 방앗간이 되어 주었다. 낭만살롱의 참새들이 자꾸만 모이게 되는 방앗간이라나.

다음으로 해야 할 것은 홍보였다. 낭만장터를 홍보하는 일은 우리 모임을 알리는 일로 이어질 것이어서 할 수 있는 모든 창구를 동원하기로 했다. 우리 SNS 계정은 물론이고 인터넷 지역 커뮤니티에 홍보 포스터를 만들어 올렸다. 부담 갖지 말고 청년들의 방구석 털기에 놀러 오라는 초대 메시지를 덧붙였다. 우리가 내놓은 물건도 구경하시고, 무엇보다 청년들 좀 구경하시라고. 하지만 지역의 특성상 온라인을 통한 홍보는 한계가 있었다. 요즘엔 대부분의 분야에서 오프라인보다 온라인이 훨씬 파급효과가 크지만, 그런 현실에서 살짝 비껴나간 곳도 있는 법이다. 우리 지역은 사람들이 모여들고 지나쳐 가는 읍내의 길목에 포스터를 붙이고, 그 포스터를 본 사람들이 입에서 입으로 나르는 소식이 큰 효과가 있었다. 그런 의견을 받아들여 만든 것이 작은 사이즈의 배너였다. 멤버가 운영하고 있는 식당은 물론, 협조를 구할 수 있는 고성 내의 음식점, 카페, 헬스장의 카운터에 잘 보이도록 배너를 비치했다. 이 번거로운 과정은 본인의 식당을 운영 중인 멤버가 아는 사장님네를 돌며 발 벗고 나서 주었다.

물론 물건을 판매하는 셀러는 대부분이 우리 멤버들일 것이었다. 다른 주민들도 희망한다면 셀러에 참여할 수 있도록 신청 링크를 열어 두었지만 큰 기대는 갖지 않았다. 아무리 홍보 게시글을 올리고 미니 배너를 여기저기 가져다 두어도 생각만큼의 반응이 없었기 때문이다. 누군가 이게 뭐냐고 물어보더라, 낭만살롱이 뭐하는 곳이냐고 궁금해하더라는 식의 두루뭉술한 호기심이 전해져 올 뿐이었다. 우리끼리의 행사가 되진 않을까 걱정스러웠지만 그것도 나름대로 나쁘진 않을 거라고 생각했다. 우리는 원래부터 우리끼리 행복하려고, 우리끼리 이 지역에서 즐겨 보려고 모인 사람들이니까. 그렇게 미리 위로하면서도 그래도 역시 마음 한구석으론 바랐다. 지역에 녹아들 수 있길, 낭만이나 청년 같은 단어들과 상관없이 살아가고 있는 사람들과도 함께할 수 있길.

그렇게 예정했던 행사 당일이 다가왔다. 물건으로 가득 찬 양손만큼이나 기대로 부풀어 오른 반가운 얼굴들이 하나둘씩 방앗간으로 모이기 시작했다. 준비해 둔 화이트보드에 가격과 계좌번호를 적고, 동선에 맞춰 테이블을 정리하고 물건을 진열했다. 가져온 물건들은 참 다양하기도 했다. 새 옷 같은 헌 옷들이 행거 하나를 가득 채울 만큼이었고, 가방, 모자 같은 잡화부터 보드게임, 책, 주방 기구, 마사지기, 타로 카드, 게임기 등 장르를 불문하고 멤버들의 개성만큼이나 다양한 물건들이 모였다. 새삼스럽게 우린 이렇게 다양하구나, 그런데도 같이 즐거워 보겠다고 모여 있구나, 하는 생각이 들었다. 순간과 장면 하나하나가 모조리 다 사랑스러웠다. 그렇게 물건에 따라온 사연에 대해 이야기를 나누고 있을 때, 놀랍게도 하나둘 낯선 이들이 찾아오기 시작했다.

"구경하러 왔어요."

어서 오라며 건네는 인사에 멋쩍거나 어색한 웃음으로, 혹은 호기심 가득한 눈빛으로 다가오는 사람들. 우리가 그들이 찾아온 것을 신기하게 생각하듯 그들 역시 우리를 신기하다는 듯 바라봤다. 한참 전부터 우리 활동을 지켜보고 있었다는 SNS 이웃, 아이들에게 줄 만한 것이 있을까 싶어 들렀다는 누군가의 엄마, 퇴근길에 들렀다며 동료들을 데리고 온 낯선 청년, 용기 낸 것이 명백한 표정으로 쭈뼛거리며 들어온 또 다른 청년까지. 모두가 각자 다른 이유로 우리에게 다가왔다. 이렇게 와 준 것 자체가 한 명 한 명의 용기라는 생각이 들었다. 나라면 전혀 모르는 청년들이 잔뜩 모여 있는 곳에 덜컥 찾아갈 수 있을까? 아마도 못 할 것이다. 그 용기를 잘 알기 때문에 찾아와 준 사람들 모두에게 정말로 고마웠고 그것 자체로 우리를 응원해 주는 것 같아 한껏 감동스러웠다. 그런 마음, 찾아와 줘서 기쁘고 반갑다는 마음을 전하고 싶었는데 겨우 입술을 달싹여 편히 구경하시라는 말을 할 뿐이었다.

그렇게 우린 지역 주민들과 만났다. 어색함에 삐걱거렸지만 기분 좋은 긴장감으로 서로를 대했다. 제 몸보다 더 큰 인형을 품에 안고 함박웃음 짓던 아이부터 게임기 앞에서 군침을 삼키던 중학생, 굳이 무엇 하나라도 팔아 주려는 마음으로 물건을 고르던 또 다른 청년, 이 지역에 이런 모임이 있었냐며 즐거워하던 주민들까지. 그리고 곁에서 그 즐거움을 놓칠

세라 열심히 시선을 주고받았던 우리 멤버들까지도. 모두에게 작지만 특별한 기억이 마음에 새겨졌다. 다 같이 모여 찍은 사진엔 부모님의 손을 잡고 온 아이가 멤버의 품에 폭 안겨 있다. 모두의 얼굴엔 웃음이 가득했다. 멤버들은 이후에도 오랫동안 낭만장터를 기억했다. 모임에 참여하며 가장 즐겁고 만족스러웠던 순간이라고 말하면서.

판매금 중 일부 금액을 자발적으로 모아 지역 사회에 기부하기로 했다. 낭만장터를 처음 기획했을 때부터 결정한 사실이었다. 큰 금액은 아니었지만 우리에게 의미 있는 결과물인 만큼 고민이 깊었다. 어떤 방식으로 기부하면 더 가치 있을까? 환경 단체, 기부 플랫폼 등 다양한 의견이 나왔지만 만장일치로 선택한 곳은 지역 내 요보호아동 시설이었다. 몇 군데의 시설 중 한 곳을 골라 전화를 걸었다. 지역 내의 청년 모임이고, 이러한 과정을 통해 기부금을 모았고, 소액이지만 받아 주실 수 있겠냐고. 시설에서는 흔쾌히 받아들이고 감사의 뜻을 전해 왔다. 시설 담당자와 대화를 나누면서 더 큰 도움을 약속하고 싶은 욕구가 울컥 목구멍 끝까지 차올랐지만 일단은 다 함께 모은 마음을 전달하는 데서 만족했다. 기부증서를 받아들고 우리끼리 이런 이야기를 나눴다. 이제 시작일 뿐이라고. 지금은 현재의 청년인 우리가 미래의 청년이 될 아이들에게 인사 한 번, 손짓 한 번 건넨 것에 의미를 두자고. 우리가 이 지역에서 혼자가 아니라는 것을 낭만장터에서 느꼈던 것처럼, 너희도 절대로 혼자가 아니라고 앞으로도 끝없이 말해 주자고.

별들의 발견

눈에 띄지 않던 것들이 갑자기 보이는 날이 있다. 예를 들면 새로운 물건을 사게 됐을 때 그렇다. 내게 반드시 필요한 물건이라 굳게 믿고 구입했는데 잊고 있던 비슷한 물건을 발견했을 때. 심지어 전에 그 물건을 샀을 때의 나도 지금과 똑같은 이유였다는 것이 생생히 기억나기까지 해 버렸을 때. 스스로가 참 어이없다는 생각이 들면서도 이 용이한 물건을 어떻게 잊고 지낼 수 있었을까, 하는 생각이 드는 것이다. 또 이럴 때도 있다. 좋아하는 작가의 신작 소설이 예약 구매를 시작해서 잽싸게 주문했을 때. 퇴근 후 집에 돌아가 옷을 갈아입을 때쯤 책상 옆에 가득 쌓여 있는 책들이 눈에 띈다. 사 놓고 읽지 못한 수많은 책들이 하필 그때 눈에 띄는 것은 거의 정해진 운명과도 같다. 그러면 다시 이런 생각이 드는 것이다. 저 책들도 당장 책장을 펼쳐 볼 마음으로 잔뜩 기대하며 샀던 것 같은데. 어떻게 까맣게 잊고 지냈을까.

청년낭만살롱을 운영하면서는 갑자기 청년들을 발견하게 됐다. 마치 밤하늘에 박힌 별들처럼 제각각의 빛을 뿜어내고 있었던 청년들. 진작에 깨닫지 못했다는 것이 놀라울 정도로 빛나는 사람들. 어디서 왔는지부터 어떻게 살아가는지까지 온통 호기심을 자극하는 그들이지만 딱 한 가지 분명한 사실이 있다. 그들은 이제야 나타난 것이 아니라 이제야 발견된 것이라는 사실이다. 원래부터 자기 자리에서 빛나고 있었는데 이제야 서로를 발견했을 뿐이다. 그럼 이제 이런 생각을 해야 옳다. 어떻게 저 청년들을 모르고 지낼 수 있었을까. 까맣게 잊고 지낼 수 있었을까. 사람은 자신이 마음먹었을 때 존재로 인식되기 시작하는 걸까, 아니면 관심 갖고 봐주는 누군가가 생겼을 때 비로소 발견되는 걸까. 어느 것이든 다 그들과 만나기 위한 질문이 될 수 있다면 청년낭만살롱은 발견의 기능을 해야 한다고 생각했다. 당연히 어둠뿐일 것이라고 생각해서 들여다보지 않았던 방향을 관심 갖고 들여다보기, 그래서 기어코 별들을 찾아내기. 새삼스럽게 젊은 이들을 발견해 내기. 그리고 발견한 그들과 함께하기 위해서는 안심시켜 줄 필요가 있었다. 당신들이 빛날 수 있는 곳이 여기에 있고 어떤 모양으로 빛나든 여기선 괜찮다고. 반드시 환영받을 것이라는 신뢰를 주고 함께하는 시간이 늘 즐겁진 않더라도 새로운 경험임은 분명하다는 확신을 주는 것이다. 그래야 모습을 드러낼 마음을 먹을 수 있을 테니까. 그러겠다고 마음을 먹고 같은 생각을 공유하는 이들과 함께하게 되었을 때, 저절로 모임은 필요한 기능을 하기 시작했다. 덕분에 청년낭만살롱을 운영한다는 것은 경이롭기 그지없는 발견의 연속이었다.

가장 먼저 발견한 별은 나와 아주 가까이 있었던 존재였다. 나의 친언니. 언니는 나보다 먼저 고향에서 살기 시작했다. 출발은 공무원 시험을 준비하는 것이었다. 대학교 졸업 후 고향에 돌아와 부모님과 지내면서 공부를 시작했다. 그러다 어쩐 일인지 작가로서의 길을 걷기 시작하더니 아예 자리를 잡아 버렸다. 그것도 아주 어엿하게. 늘 글을 쓸 거라고 큰소리 친 건 나였는데 정작 작가로서의 삶을 먼저 시작한 건 언니가 된 것이다. 나는 그런 언니가 부러우면서도 자랑스러웠다. 생각해 보면 언니는 늘 나의 자랑이었다. 똑똑하고 당당한 데다 성격도 좋아서 늘 주위에 사람이 많았던 언니. 사람과 어울리길 힘들어하는 나와는 딴판이었다. 그래서 나는 늘 은연중에 언니 자랑을 흘리고 다녔다. 형제가 있느냐는 질문을 받을 때면 초 단위의 망설임도 없이 얘기하곤 했다. 정말 똑똑하고

성격도 좋고 이쁘기까지 한 언니가 있다고.

그런데 그렇게 반짝이던 언니의 빛은 내가 고향에 돌아왔을 때 조금씩 희미해지고 있었다. 언니는 직장인인 나보다 시간을 유동적으로 쓸 수 있다는 이유로 엄마의 투병에 대한 일들을 도맡아 하고 있었고, 가장으로서 부모님을 책임지고 있었다. 그런 데다가 사람과 직접 마주할 일이 적은 직업을 갖고 있으니 내가 알던 당당한 모습이 온데간데없이 사라져 있었다. 사람을 대하는 일 앞에서 망설이는 기색이 역력했다. 그러면서도 공허해하고 있었다. 나와 마찬가지로 친구들은 모두 고향을 떠나 버렸고 새로운 인연을 만들기도 이곳에선 쉽지 않았던 것이다. 실은 고향이 사라지는 것보다 언니의 빛이 사라지는 게 더 마음이 아팠다. 사람들 속에서 쾌활하게 웃고 장난을 치던, 늘 반짝이던 언니의 모습을 다시 보고 싶었다.

언니는 청년낭만살롱의 처음부터 지금까지 쭉 함께하고 있다. 나는 당연한 일처럼 언니에게 함께해 주길 부탁했고 언니도 당연한 일처럼 조건 없이 날 도왔다. 처음 모임을 기획한 순간부터 지금까지 항상 더 도와줄 일이 없냐며 미안해했다. 내가 고향을 위해 떠올린 생각들과 하고자 하는 일을 가장 먼저 응원해 주고 가치 있다고 말해 준 것도 언니였다. 언니는 늘 더 많이 도와주지 못해 미안하다고 말했지만 나는 그저 그녀가 함께해 주는 것만으로도 의지가 됐다. 그리고 그녀가 이 모임을 하면서 다시 빛나길, 좋은 사람들을 만나고 젊음을 즐기면서 활기를 되찾길 바랐다. 어깨 위의 무거운 짐을 내려놓고 청춘을 즐기길, 그냥 보통 젊은이처럼 행복해하는 순간들이 생기길 바랐다.

처음엔 매사가 조심스러웠다. 언니도, 나도. 특히 언니는 사람들 앞에서 시종일관 밝고 상냥한 모습을 보이려고 노력하면서도 혼자가 되면 혼란스러워했다. 자신의 행동이 옳은지, 모임에 누가 되진 않는지, 다른 사람들이 보기엔 어떤지 계속해서 의심했다. 하지만 나는 크게 걱정하지 않았다. 언니 스스로만 모르는 언니의 빛이 여전히 반짝이는 순간들을 목격했기 때문이다. 낯선 사람들에게 친절하기 위해 노력하고, 자신의 마음이 편해지는 것보다 그들의 기억이 아름답게 남겨지길 바라고, 섬세한 배려로 작은 불편함도 놓치지 않는. 그러면서도 누구보다 경청할 줄 알고 자신의 삶을 당당하게 말할 줄 아는. 그런 언니 덕분에 정규 모임에서의 대화가 한층 깊어질 때가 많았고 사람들에게 편안함과 밝음이 퍼져 나갈 때가 많았다. 언니는 늘 모임의 마지막에 이런 말을 했다. 이렇게 다양한 사람들과 대화 나눌 수 있는 시간을 갖게 되어서 즐거웠다고. 나는 그거면 됐다고 생각했다. 나와 함께 모임의 파도를 목격하면서 마음을 다치거나 슬퍼하거나, 희로애락을 겪고 있는 언니에게 그 모든 과정이 젊은 날의 추억으로 남았으면 한다. 나는 가장 가까이에 있던 별을 새롭게 발견했고 여전히 빛나고 있음을 확인했다. 기쁘고 행복했다. 그 사실이 와닿는 어느 순간엔 이대로 다른 것들이 소멸하더라도 상관없겠다는 생각이 들 정도로.

언니 말고도 첫 번째 시즌부터 지금까지 쭉 함께하고 있는 청년들이 있다. 그중 몇 명은 서포터라는 이름 아래 모임의 운영을 적극적으로 도와주고 있다. 아무런 대가 없는 자발적인 마음으로 이루어지고 있기에 늘 고맙고 미안할 뿐이다. 그래서 나는 그들이 모임으로 인해 무언가 얻거나 나름의 행복을 발견한 것 같은 모습을 목격하면 날아갈 듯 기뻤다. 미안하고 고마운 마음이 조금은 덜어지는 기분이 들었기 때문이다. 고성에서 모르는 사람이 없을 정도로 발이 넓은 한 청년은 한가하다는 오해를 받기 쉬웠다. 늘 여유로운 태도 때문이었다. 하지만 남들이 보는 것과는 다르게 하고 싶은 일도 많고 매사에 호기심도 많아 늘 자신의 일을 바쁘게 찾아다녔다. 물질적인 가치를 좇지 않고 가슴 뛰는 일에 눈동자를 빛냈다. 흔히들 원하는 안정적인 삶과는 조금 다른 것들을 갈구하며 살았다. 나는 그를 보면 흐르는 강물이 생각났다. 한 방향으로 제 갈 길을 가면서도 솟아오른 바위를 굳이 넘기보다 슬쩍 둘러서 안고 가는. 그는 결과를 중요하게 생각하지 않는 사람 특유의 편안함과 여유로 모임의 멤버들을 자상하게 포용했다. 아무런 고민이 없을 것 같이 구는 그가 가끔 정규 모임에서 대화를 나누며 자신의 속내를 슬쩍 내비칠 때, 나는 그 순간이 무척 반가웠다. 그가 우리를 배려하듯 우리도 그의 삶에 필요한 어떤 부분이 된 것 같은 기분에서였다. 길가에 핀 꽃을 사랑하고 새벽엔 시구절을 떠올리곤 하는 청년. 그가 사랑하는 것이 많은 사람이라면, 감내할 수밖에 없는 상처를 갖고 있다면 우리에게 조금이라도 털어놓길 기도했다.

또 다른 청년은 흙을 만지고 도자기를 구웠다. 오로지 그 일을 위해 고성에 자리를 잡았다고 했다. 나는 그를 만나고 처음 내 손으로 그릇을 만들어 봤다. 나뿐만이 아니라 여러 멤버들이 그랬다. 그는 종종 자신의 재능을 모임에 기부했다. 처음 도자기 만들기 곁모임을 열고 함께 흙을 만졌던 순간을 기억한다. 어엿한 선생님처럼 우리가 만드는 그릇의 모양을 다잡아 주었던 그는 시즌이 거듭하는 동안 자신이 굽는 도자기처럼 더욱 단단한 사람이 되어 모임에 함께했다. 잠시 하는 일을 바꿔 이곳을 떠난 적이 있었지만 모임을 떠나진 않았다.

결국 자신의 흙을 찾아 돌아온 그를 우리는 새삼스럽게 반기고 환영했다. 그가 우리에게 나누어 주는 건 자신이 가진 예술적인 재능뿐만이 아니었다. 발 벗고 나서서 모임을 돕는 일들이 당연한 것이라고 말하고 행동하는 태도가 큰 힘이 되었다. 사실 당연한 건 아무것도 없다는 걸 잘 알고 있기 때문에 더 그랬다. 그는 티 내지 않고 늘 그 자리에 있었다. 우리가 두 발로 딛고 있고 자신이 사랑해 마지않는 흙처럼.

매 시즌, 매달, 매 순간 새로운 청년들을 발견했다. 어떤 청년은 커피를 사랑했고 또 어떤 청년은 커피 한 잔을 앞에 두고 다정히 이야기 나누길 좋아했다. 한 청년은 일과 삶 속에 균형을 찾고자 했고 다른 청년은 그 고민을 성심껏 들어 주었다. 삶에 대한 진지함이 지나쳐 내내 뻣뻣한 청년에겐 유연한 어떤 청년이 어깨를 두드렸다. 잔뜩 화가 난 청년을 위해 함께 욕지거리를 뱉기도 하고, 상처받은 청년을 위해 함께 눈물을 그렁거렸다. 하나의 이야기도, 누구의 삶도 허투루 듣지 않았다. 그렇게 우리는 서로를 이해하고 배워 가고 가끔은 미워했다가 결국엔 사랑했다. 누가 이곳에 청년이 없다고 했냐며 우리끼리 많이 웃기도 했다. 이렇게나 눈이 부시게 빛나고 있는데 발견되지 않는 게 이상할 지경이었다. 발견할 의지가 없거나, 검은색 안경이라도 끼고 있거나 둘 중에 하나일 것이다. 청년들은 이미 자신만의 방식으로 자신의 길을 걷고 있다. 그 길의 중간에서 우린 우연히, 혹은 필연적으로 하필 이곳에서 만났다. 결국엔 우리를 만나게 한 이곳이 사랑스럽다. 더 아까워진다. 그리고 비밀스럽게 그런 마음을 품은 이가 나뿐만은 아니었으면 좋겠다는 욕심이 걷잡을 수 없이 피어난다.

과거가 지금에게

난 영원한 막내다. 가족이라는 울타리 안에서 말이다. 부쩍 어른이 된 것처럼 굴지만 철없음을 눈감아 주는 가족들이 있다. 성취한 것처럼 굴지만 가족들 도움 없인 아무것도 아닐 때가 많다. 심지어 나 자신에 대한 확신도 가족들이 바람을 막아 주지 않으면 사정없이 흔들린다. 이 위험하지만 달콤한 역할은 앞으로도 영영 누리고만 싶다. 한편 다른 곳에선 사정이 다르다. 작년까진 분명히 직장에서도 막내 소리를 들었던 것 같은데 올해가 되니 그 자리를 내놓아야 했다. 아무런 미련이 없기에 대번에 내려놓았다. 왠지 직장에서의 막내는 살갑고 귀엽고 팍팍한 직장 생활에서 활력소가 되는 구석이 있어야 할 것 같은데 나에겐 재능이 없다. 아무도 그런 걸 강요하진 않았지만 스스로의 재능 없음에 괜히 혼자 주눅들 때도 많았다. 그러니 앞으로도 영영 소질 있는 누군가가 대신해 준다면 더할 나위 없이 고마울 것이다.

　또 다른 곳에서도 막내는 아니더라도 언제나 언니, 오빠가 있다. 아직까진 그럴 나이인가, 하는 생각이 들지만 한편으론 내 생활 터전이 이곳으로 바뀌었기에 가능한 게 아닌가 싶다. 청년낭만살롱을 생각하면 특히 그렇다. 2030 커뮤니티인 걸 고려하면 나는 중간쯤 위치해야 정상인데 그렇지 않다. 언제나 나보다 어린 청년들이 많이 들어와 주길 기대하고 있지만 쉽지 않다. 사실 여기가 아니더라도 대학교가 없는 지역에선 20대 초, 중반의 젊은이들을 찾기가 어려운 것이 사실이다. 대학교가 없고 직장도 없고 마땅한 경험 한 줄 채울 일도 없는 지방은 그들이 발을 디뎠다가도 '아차' 하며 물러나야 할 지역이기 때문이다. 그래서 뜻하지 않게 나는 청년낭만살롱에서도 막내 쪽에 가까웠다. 나이를 비밀로 하는 모임의 규칙은 어쩌면 나에게 가장 필요한 것이었는지도 모른다. 막내에 가까운 주제에 호스트로서의 위엄을 지킬 필요가 있었으니까. 하지만 실은 이번에도 언니, 오빠들이 많은 부분을 눈감아 주고 있다는 것을 안다.

　그렇게 계속되고 있는 막내라는 역할 중에서도 가장 압도적으로, 말할 필요도 없이 분명하게 막내일 수밖에 없는 곳이 있다. 존재만으로도 이쁨을 받고, 단지 자리에 앉아만 있어도 흐뭇한 시선을 받는 곳. 바로 이곳 문인들의 모임이다. 우연한 기회에 합류하게 된 그곳에는 적어도 내 나이만큼, 많게는 내 나이의 곱절만큼 글을 써 오신 선생님들이 계셨다. 나는 어리둥절한 채로 그곳에 합류했고 오랫동안 적응하지 못했다. 입회한 이후로 3년 정도가 지났다. 여전히 나는 삐걱대며 불편한 표정으로 선생님들 앞에 앉아 있기 일쑤다. 그런 나를 선생님들은 원래 알던 아이를 바라보는 시선으로 보셨다. 그러면서도 한순간도 빠짐없이 '류 선생'이라고 불러 주셨다. 문학지에 내 글이 실리면 "잘 읽었습니다."는 문자 한 통을 보내 주셨고 행사 때 어색한 얼굴을 내비치면 "와 주어서 감사합니다."는 인사와 함께 손을 내미셨다. 삶이 온통 글과 문학인 선생님들 사이에 앉아 있노라면 나라는 존재가 작아지는 느낌과 무한히 커지는 느낌을 동시에 받았다. 글의 무용함을 느껴 지친 기분이 들 때면 시간을 억지로 내서라도 선생님들이 계신 곳에 가서 앉았다. 그러면 어쩐지 내가 바닥없는 가능성을 가진 사람, 그저 생각하고 쓰는 것만으로도 소중한 가치를 지닌 사람이 되는 것만 같았다. 어색하고 적응하지 못할 때가 많았지만 그저 그런 느낌이 좋아서 선생님들과 앞으로도 함께하고 싶다는 생각을 자주 했다.

선생님들로부터는 문학에 대한 열정을 배우기도 했지만

사람을 환대하는 법에 대해서도 배웠다. 나는 가르치려 하지 않으면서 가르침을 주는 어른을 좋아한다. 나도 그런 어른이 되고 싶다는 생각을 하지만 아직 멀었다. 선생님들은 그저 나를 환영함으로써 사람에게 자리를 내어주는 방법을 알려 주셨다. 반갑다며 내미시는 손을 얼떨결에 붙들면 마치 경계가 허물어지는 느낌을 받았다. 내가 존재하는 것이 어색한 세계에서 그렇지 않은 세계로 몸을 옮겨 가는 기분이었다. 그 기분은 안도와 행복을 가져왔고 애정으로 이어졌다. 그렇게 환대는 나를 거기 있어도 되는 사람, 환영받을 자격이 있는 사람, 사랑하고 사랑받는 사람으로 만들어 갔다. 이런 기분을 청년낭만살롱을 찾는 청년들도 느끼게 하고 싶어 안간힘을 쓰곤 한다. 손을 내밀고 허락한다면 어깨를 토닥이는 정도지만 이 작은 행동이 그들에게 안도감을 줄 수 있다면. 어딘가에 소속된 느낌, 자신이 어떤 행동을 하든 경계가 아닌 포용의 대상이 되었다는 느낌을 받을 수 있다면 좋겠다는 생각을 하면서.

한번은 선생님들께 청년낭만살롱에 대한 이야기를 할 기회가 있었다. 근황 이야기를 하다가 지나가듯 꺼낸 물음이 시작이었다.

"선생님 주변에 제 또래의 청년은 없나요? 저는 요즘 이곳의 청년들을 모으고 있습니다."

　의아한 웃음과 함께 한번 찾아보겠다는 대답으로 끝난 대화이지만 그 이야기는 어느 가을날 밤 찻집에서 다시 수면 위로 올라왔다. 청년들을 데리고 무언갈 한다던데, 하고 넌지시 물으시는 선생님들 앞에서 모임을 설명하자니 괜히 마음이 떨렸다. 더듬더듬 왜 청년들을 모으고 있는지, 놀랍게도 얼마나 보석 같은 청년들이 함께하고 있는지, 그렇지만 이 일이 무용할지도 모르겠다는 생각들을 말했다. 마지막 말은 오히려 그 말에 대한 부정, '그렇지 않다, 가치 있는 일이다'라는 말을 듣고 싶어서 덧붙인 걸지도 모른다. 청년들이 모인다는 게 어떤 의미인지 설명해야만 할 것 같아서 설명이 길어졌다. 아무리 너그럽고 지혜로운 분들이라도 알기 어려울 것이라고 생각했기 때문이다. 사람은 타인의 일에 적당한 관심만 갖기 마련이니까. 이미 이 지역에서 살아 내셨고 앞으로도 문제없이 살아갈 이들에게 지방 소멸이니, 청년 이탈이니 하는 것들이 와닿을 리 없을 거라고 생각했다. 하지만 오히려 나의 그런 시선이 편견이라는 것을 선생님들은 또 의도 없이 깨우쳐 주셨다. 점점 내 말에 힘이 실린 것은 내가 그런 것이 아니라 선생님들의 경청이 그렇게 만든 것이었다. 내 말끝에 선생님들께선 무언가 잘 안 풀리거나 힘든 일이 있으면 털어놓으라고 하셨다. 자라나는 젊음에게 해 줄 수 있는 것은 오직 그것이라는 듯이.

　그때 어려움에 대해 털어놓지 못한 건 괜한 자격지심에서였다. 솔직해지면 손녀뻘인 막내의 응석, 그 이상도 이하도 아니게 될 것만 같았다. 의연하게 굴고 듬직하게 보여야 내가 뱉은 말들에도 신뢰가 생길 것만 같이 느껴졌다. 저렇게 심약해서야 무슨 일을 하겠다고, 내가 무슨 일을 하겠다고 한 건 아니었지만 그래도 그런 생각을 들게 할까 봐 끝내 입을 다물었다. 쓸데없는 패기나 금방이라도 휘발될 한 방울의 열정만 있는 게 아니라 단단한 심지가 있는 것처럼 보이고 싶었다. 나는 그때뿐만이 아니라 모임에서도, 심지어 가족끼리만 있을 때도 종종 그런 생각을 하곤 했다. 내가 가진 용기보다 더 큰 걸 가진 것처럼 보여야 한다고. 그래서 솔직하지 못할 때가 많았다. 스스로 생각하기에도 나답지 않은 행동을 할 때는 더 많았다. 여기저기서 막내인 탓에 생긴 방어기제라고 해야 할까?

　원래 들키고 싶지 않은 것이 있을수록 부자연스러운 법이다. 그리고 부자연스러운 스스로를 발견해 본 적이 있는 다른 사람에게 쉽게 간파당하기 마련이다. 그걸 알면서도 나는 종종거리며 숨기기 바빴으나 아마도 선생님들께선 진작에 알아차리셨을 것이다. 하지만 선생님들은 숨기고자 하는 나의 마음을 존중해 주셨다. 걱정보다는 격려를, 위로보다는 칭찬을 건네셨으니 말이다. 그 은근하고 다정한 보살핌이 따뜻해서 울컥 눈물이 흐를 것 같은 날이 있었다.

　소멸하는 지방에서 살아가는 청년에 대한 이야기를 들려 달라는 요청이 있었다. 우리 지역의 도서관에서 건넨 제안이었다. 그토록 하고 싶었던 이야기를 들어 주겠다는 제안이 무척이나 반가워서 한달음에 달려갔다. 수요가 적은 콘텐츠이기 때문에 좌석이 텅 빌 것이 예상되는데도, 그런 허공을 감안할 용기가 있는 기관이 우리 지역에 있다는 게 고맙기도 했다. 강연을 앞둘 때마다 걱정되는 것은 늘 같았다. '내 이야기가 가치 있는 이야기일까?'라는 것과 '내 이야기를 궁금해할 사람이 있을까?' 하는 것이었다. 그래서 강연 전에는 마음을 다스리기보다 비우는 쪽을 택하곤 했다. 단 한 사람에게라도 진심이 닿았으면 좋겠다는 생각을 하면 도움이 됐다. 하지만 담당 사서님께서 홍보를 아주 열심히 해 주신 덕분에 좌석이 하나둘 채워졌다. 나는 그 사람들이 모조리 다 궁금했다. 어떤 이야기를 듣기 위해 이 자리에 오신 걸까? 그리고 또 한편으론 안심이 되기도 했다. 고향의 소멸에 대해 관심 있는 사람이 나 혼자는 아니라는 당연하지만 늘 의심스러웠던 사실에 대해서 대답을 들은 기분이었다.

그리고 강연이 시작되기 직전, 누군가 문을 열고 들어왔고 나는 낯익은 중절모를 알아차리자마자 왈칵 울 것 같은 상태가 되었다. 선생님이셨다. 와 주시란 말을 한 적도 없고 와 주실 거란 기대도 하지 않았기 때문에 더 놀랐다. 그 방문 덕분에 나의 이야기는 그 가을날 찻집에서처럼 거기 있어도 되는 이야기, 환영받는 이야기가 되었다. '해도 되는 이야기일까'에서 '해야만 하는 이야기구나'라고 자신감이 생겼다. 내 목소리엔 조금 더 확신이 실렸을 것이다. 선생님은 강연이 끝난 뒤 나를 기다리고 계셨다가 말을 건네셨다. 이 자리에 오지 않은 다른 선생님들에 대해 서운해하지 말라고. 당신이 대표로 온 것이라고. 그때 선생님의 눈빛이 너무나도 따뜻해서 솔직하게 말할 수밖에 없었다. 선생님께서 오신 것을 본 순간 눈물이 날 뻔했다고. 이야기를 들어 주셔서 정말 감사하다고. 그리고 다짐했다. 내가 받은 경청이라는 환대를 다른 청년들에게 전하고 돌려줄 것이라고. 이 지역에 우리를 기쁘게 여기는 수많은 사람들이 있다는 사실을 전하고 싶었다. 그것이 지닌 힘을 또다시 확인했으니 더 큰 확신을 가지고서 말이다.

그리고 또 어느 여름날엔 태양보다 더 뜨거운 찻잔을 앞에 두고 앉았다. 티백이 아닌 찻잎의 모양이 어색했고 여러 잔을 옮겨 가며 따라 내는 다도의 과정이 낯설었다. 이 여름날 입을 가져다 대기에도 뜨거운 차를 마시는데 어째서 더운 것이 아니라 따뜻하게 느껴지는지 신기하기만 했다. 차가 동나지 않게 살펴보시는 어느 선생님 앞에서 또다시 청년들에 대한 이야기를 했다. 지방에 살아가는 청년들은 어째서 연대해야 하는지, 이 좁은 지역에서 그들은 얼마나 멀리 떨어져 있는지에 대한 모순을 전했다. 그리고 그들은 왜 연대가 절실하면서도 뭉치지 않는 찻잎처럼 한 잎씩 흘러만 가는 건지 안타까운 마음을 털어놓았다. 그 삶들이 한데 모여 잘 우러나도록 돕고 싶은데 내 역량이 부족한 것 같다는 조급함도 터져 나왔다. 나답지 않게 약한 이야기가 술술 나왔다. 차가 아니라 술이라도 마신 듯한 붕 뜬 기분이었다. 선생님께서는 그저 가만히 들으시다 내 찻잔에 차를 따르길 반복하셨다. 나는 그날 저녁을 먹지 않아도 될 만큼 차를 마셨다. 시간이 흐르고 후련함과 허탈함을 마지막 차와 함께 마셨다. 드디어 자리에서 일어서는 내게 선생님은 책을 한 권 건네셨다. 어쩐지 두툼한 책을 옆구리에 끼고 귀가하는 길은 여름밤답지 않게 따뜻했다. 책 안에는 책갈피처럼 봉투가 꽂혀 있었고 우리는 그 봉투 덕분에 다음 시즌 홍보를 위한 현수막을 읍내 여기저기에 달 수 있었다. 그 현수막은 찻잎처럼 둥둥 떠다닌 청년 한두 명쯤은 건져 올렸을 것이다. 나는 그 사실을 생각하면 여전히 입술부터 목을 지나 흘러내리는 찻물의 따뜻함이 생생하게 떠오른다. 악수와 경청과 찻물이 전한 격려는 과거의 청년이 지금의 청년에게 주는 환대가 되어 우리 사이에 스며들었다. 환대가 내리사랑처럼 아래로 흐를 수 있는 것이라면 부디 끊기지 않고 흘렀음 좋겠다. 지금의 청년 이후에도 미래의 청년들이 그 따뜻함을 느낄 수 있도록 아주 오래오래.

여기에서 당신에게

　시골살이의 결이 겹겹이 쌓여 갈수록 내가 어떤 사람인가에 대해 자주 고민한다. 온전히 생각에 빠져들 수 있는 절대적인 시간이 늘어난 덕분일까? 도시에 비해 외부로부터의 자극이 적은 만큼 혼자 생각에 잠기는 시간이 늘었다. 눈을 감고 있으면 저 멀리서 들려오는 풀벌레 소리는 그 시간을 꽤 낭만적으로 만들어 주기도 한다. 그게 아니면 운동을 시작한 탓일까? 웨이트 트레이닝은 단연코 자신과의 싸움이고 사색을 동반한다. 그것도 아니라면 시작한 일을 '잘'하고 싶기 때문일까? 아마도 그쪽이리라, 자답한다. 청년들을 모으는 일을 시작해 버렸고 잘하고 싶은 마음에 자꾸만 스스로를 돌아보게 되었다. 그 정도가 심해지자 이 고뇌는 축복인가, 저주인가 헷갈리는 지경이 되어 버렸지만.

　애석하지만 인정을 해 보자면 나는 커뮤니티 운영자로서

재능이 없는 사람인 것 같다. '것 같다'고 표현하는 건 끊임없이 격려해 주는 사람들에게 미안해서다. 내가 쪼그라들 때마다 어깨를 펴라고 이야기해 주는 이들한텐 계속 주눅든 것처럼 구는 게 미안하다. 그래서 일말의 여지를 남겨 두는 표현이다. '것 같다'. 하지만 나는 이미 호스트로서의 내 단점을 냉정하게 파악해 버렸다. 그 뼈아픈 진실의 첫 번째는, 나는 재미없는 사람이라는 것이다. 치명적인 단점이 아닐 수 없다. 일단은 사람이든 상황이든 무엇 하나라도 재미가 있어야 구미가 당기는 법이다. 호기심에 첫 방문을 했더라도 그 경험 속에서 재미를 찾지 못한다면 마음을 붙들기 어렵다. 물론 재미에는 여러 종류가 있다. 충만한 대화를 나누자는 우리 모임의 컨셉에서 의미를 찾고 그 자체로 재미를 느끼는 사람들이 있다. 나는 처음부터 오랫동안 그쪽에 희망을 걸었다. 내가 그나마 잘할 수 있는 일이었기 때문이다. 경청하고, 대화를 이끌어 나가는 것. 하지만 얼마 가지 않아 한계에 부딪혔다는 걸 인정할 수밖에 없었다. 그런 경험을 원해서 온 사람은 소수에 불과했다. 보통은 웃고 즐기고, 또래를 만나 술 한잔하며 고된 하루를 털어 내길 원했다. 이미 삶을 살아 내느라 온갖 기력을 다 써 버린 청년들은 지친 표정으로 모임을 찾아왔다. 그런 그들에겐 대화로 서로의 삶을 공유하는 것도 물론 가치는 있었지만, 시시껄렁한 대화를 나누며 웃어넘기는 가벼움이 간절했다.

하지만 나는 그런 쪽으론 재능이 없었다. 무거운 일을 함께 나눠 지는 것에는 자신이 있었지만, 별거 아닌 것처럼 만들어 훌훌 던져 버리는 것은 해 본 적이 없었다. 나는 슬픈 일을 더 슬프게 생각해서 울음으로 털어 버리는 사람, 힘든 일은 온 힘을 다해 정색하곤 이고 지고 걷는 사람에 가까웠던 것이다. 힘들 때 웃는 자가 일류라던데, 나는 일류가 못 되는 사람이었다. 정리하자면 일상의 즐거움이나 재미를 찾기 위해 온 사람들을 즐겁게 해 주는 재능이 없다는 말이다. 가끔은 나부터가 아무 생각이 안 들 만큼 박장대소하는 순간이 절실했음에도. 그래서 늘 대화를 이끌어 가려고 안간힘을 쓰면서도 조금이라도 텐션이 떨어진 모임을 가진 날엔 귀가하자마자 고민이 시작됐다. 재능이 없다면 노력이라도 해야 할 텐데, 어떻게 해야 저들과 함께 즐거울 수 있을까?

그저 가벼운 친목 모임을 자주 갖고 술자리를 만드는 것 말고 다른 방법을 찾고 싶었다. 어쩌면 쉬운 길을 놔두고 돌아간다고 할 수도 있을 테지만 괜한 오기랄까, 확신 같은 것이 있었다. 금방 휘발되어 버릴 그런 종류의 재미가 아니라 다른 즐거움을 만들어 내야만 한다는 확신이었다. 그것에도 이유가 있었는데, 결국엔 나는 이 모임을 오래 유지하고 싶었기 때문이다. 취기 어린 만남이 잦아질수록 모임에 균열이 생기기 쉽다고 생각했다. 술이 들어가면 마음의 구멍이 커져 즐거움이 들어갈 여지가 많아지지만 부정적인 감정이 들어가 버릴 확률도 동시에 커지기 마련이다. 나는 대학시절 누구보다 술을 가까이했던 적이 있었다. 호프집에서 3년간 밤새 직원일을 하며 많은 사람들을 목격했고 수없이 많은 관계가 던져진 유리잔처럼 깨지는 것을 지켜봤다. 술 한 잔의 힘을 빌리지 않아도 이미 혈기가 왕성한 젊은이들일수록 더 그랬다. 그런 일을 만들고 싶지 않았다. 그래서 우리만의 방식대로 즐거움을 만들 방법이 필요했다.

물론 모두가 같은 생각일 순 없었다. 나의 이런 더딜 수밖에 없는 속도에 불만을 가진 이도 있었다. 어느 청년은 내 의도를 오해하다 못해 탄압이라도 받은 것처럼 억울함을 호소했다. 나는 한 번도 멤버들끼리의 모임을 제재한 적은 없다. 다만 우리 모임이 갖고 있는 색깔을 잃지 않도록 하기 위해 규칙을 지킬 것을 반복해서 말했다. 또 미처 친해지지 못한 멤버가 소외감을 느끼지 않도록 배려하길 원했다. 하지만 어디서나 격앙된 즐거움은 외로운 사람들의 목소리를 이긴다. '소외감이 느껴진다.'는 구석진 외침은 모두가 들을 순 없는 것이었다. 오직 나에게로만 향했다. 하지만 그렇다고 해서 수단이 술이든 커피든 밥이든 무엇이든 친분을 쌓고 깊은 관계를 맺어 가는 사람들을 비난하고 싶은 마음은 추호도 없었다. 오히려 그렇게 이곳에서의 인연을 만들어 가는 게 고마웠고 그게 이 모임의 존재 이유라는 생각도 했다. 하지만 나는 중심을 잡는 방법을 몰랐다. 즐거운 사람들은 가만히 놔둬도 그들끼리 즐길 수 있을 것 같아서 그렇지 않은 사람들에게 마음이 치우쳤다.

어느 순간 나는 모임이 재미없을까 봐 전전긍긍, 친해진 사람들 사이에 소외된 사람이 상처를 입을까 봐 안절부절못하는 상황이 되어 버렸다. 모순된 걱정들이 머릿속에서 자꾸만 싸워 댔다. 이런 내가 모임을 즐길 수 있었을까? 나는 어느새 그토록 외치던 대화의 맛을 느끼지 못하는 사람이 되어 버렸고, 호스트이면서도 어느 누구와도 친해지지 못했다. 그리고 역설적이게도 진땀 흘려 가며 열심히 모은 청년들 사이에서 외로움을 느끼기 시작했다. 하지만 외로움보다 더 큰 건 두려움이었다. 자칫 방향을 잘못 설정했다간 이 모임이 한순간에 깨져 버릴까 봐 무서웠고 지역의 기쁨이 아니라 애물단지가 되어 버릴까 봐 걱정스러웠다. 사실 그런 걱정에 비하면 나 하나쯤 외로운 건 아주 사소한 일이라고 생각하기도 했다.

나는 어느새 누군가에겐 미움을 받는 호스트가 되어 버렸다. 여기서 내 '재능 없음'의 두 번째 증거가 드러났다. 나는 간이 작았다. 모두에게 똑같이 좋은 사람이고 싶었고 즐거움을 주는 사람이고 싶었다. 그래서 신념과 확신을 갖고 있으면서도 반대의 의견을 가진 사람에게 단호하지 못했고, 그 단호하지 못한 태도는 오히려 설득력을 잃어 이도 저도 아닌 모양이 되어 버렸다. 결국 다른 생각을 가졌던 청년들은 떠나갔다. 설득하지 못한 내 잘못, 품어 내지 못한 내 부족함 때문이라고 생각한다. 커뮤니티를 시작한 뒤 사람의 뒷모습을 참 많이 보게 됐다. 그때마다 아쉽기도 하고 서운하기도 했다. 어쩔 땐 나도 모르게 나 자신도 상처를 받고 있는 것이 아프게 느껴져서 그만하고 싶다는 생각을 할 때도 있었다. 하지만 그럴 때마다 꼭 누군가는 내 손을 잡았다. 가장 많이 토닥여 준 사람은 친언니였다. 자책하는 나에게 너의 잘못이 아니라는 말을 해 주었다. 그리고 또 다른 멤버들도 나의 흔들림을 분명하게 목격했음에도 곁에 남아 주었다. 이곳에서 살아가는 데 이 커뮤니티가 필요하다고 말해 주었다. 그래서 포기하는 대신 많이 생각하고 반성했다. 재능이 없다면 노력이라도 해야 한다. 의심이나 비난에 흔들리지 않을 만큼 강하다면 좋겠지만, 흔들리더라도 꺾이지만 않으면 된다. 그렇게 나는 가장 도움을 주고 싶었던 존재들에게 오히려 도움을 받으며 성장하고 있었다.

'청년들이 즐길 문화가 없으면 스스로 만들어 보자'는 말은 '곁의 낭만을 찾자'와 함께 우리 모임을 나타내는 말이 되었다. 아주 거창한 말처럼 들릴 수 있지만 문화라는 것이 대단한 건 아니라고 생각했다. 그저 우리가 모여드는 것, 이야기 나누는 것, 행동하는 것, 살아가는 것이 시간이 흐름에 따라 쌓여 간다면 그 자체로 문화가 될 것이다. 그 문화를 쌓아가는 데 있어 나의 역할을 끊임없이 고민한다. 모일 기회와 계기를 만드는 것, 모여서 이야기 나눌 거리를 제공하는 것, 때로는 이벤트를 만들어 즐거움을 나누는 것, 그러다 생각이 비슷한 청년을 발견하면 이런 행동을 해 보는 것 어떻겠냐고 제안하는 것. 그것으로 충분하다는 생각을 하면서도 나의 이 재능 없음은 자꾸만 발목을 잡는다. 역할들 사이에 수많은 선택이 존재하고 손으로 핸들을 잡지 않으면 선을 넘고야 말 꺾인 길도 나타난다. 가끔 잘못된 선택을 할 수도 있고 방향을 잃을 수도 있지만 어쩌면 젊음에게만 관대한 시행착오의 기회가 있다. 다행히 요즘엔 못난 것은 못난 것대로, 실패한 것은 실패한 것대로 꾸밈없이 드러내는 것을 '힙하다'고 생각하는 모양이다. 어쨌든 그렇게 우리의 순간들이 모여 문화가 만들어진다면 한 번쯤 경험해 보고 싶은 다른 청년들도 생겨날 테다. 그런 일들을 생각하면 가슴이 벅차다. 금방이라도 사라질 것 같았던 무언가가 소생의 숨을 몰아쉬는 소리가 들리는 것만 같다. 그러니 스스로의 재능 없음을 인정하면서도 포기할 수가 없다. 계속해서 여기에서 당신에게, 볼품없이 떨리고 그다지 멋이 없을지라도 손을 내밀어 본다.

사적이면서도 공적인 사정

지극히 사적이면서도 공적인 고민이다. 고향에서 살아가는 것, 지방에서 살아가는 것. '언제까지 여기서 살아갈까'라는 선택의 문제일 땐 사적인 쪽에 가깝다. 개인의 취향 문제일 수 있기 때문이다. 시골은 누군가에겐 명백한 장점을 가진 곳이니까.

그 장점들을 나열해 볼까. 이곳에선 입을 다물면 내 힘으로 고요를 가져올 수 있다. 원한다면 문 닫힌 방 한구석이 아니라 탁 트인 바깥바람을 쐬면서도 사람과의 부대낌을 피할 수 있다. 또 쫓기지 않는 사람들을 곁에 둘 수 있다. 치열한 것과 쫓기는 것은 다른 이야기다. 이곳엔 치열하게 삶을 살아가되 무언가에 쫓겨 엉겁결에 달려가는 것이 아니라 자신의 동력으로 나아가는 사람들이 있다. 대한민국 청년으로서 의무처럼 짊어지게 되는 경쟁이나 타인과의 비교에서 오는 모든 부정적인 것들과 비교적 떨어질 수 있다. 그렇게 얻게 된 한 뼘의 여유에는 잊고 살았던 것들을 채워 넣을 수 있다. 내 경우엔 그게 가족이었고, 누군가에겐 꿈, 낭만, 사랑, 삶, 바다, 꽃한 송이 등일 수 있다. 살다 보면 한 번쯤은 삶이 나아가는 방향과 그 마지막에 있을 것에 대해 고민하기 마련이다. 그럴땐 허겁지겁 달려가기보다 주변의 풍경 속에 있는 나 자신을 보살피며 천천히 나아가는 게 정답이라는 확신이 든다. 마지막 즈음에 돌아봤을 때, 소음과 무채색의 건물 틈에서 숨 가빠하는 스스로보단 고요하게 본질에 가까운 것들을 챙겨 가며 우직하게 걷는 내 모습이 더 마음에 들 것이다. 거기에까지 생각이 미치면 '아, 조금 더 여기서 머무르자.'고 생각한다. 어느 날엔 집요하게 나를 들여다보기도 한다. 여유가 준선물 중 하나다. 그럼 내 안에 들어차 있는 사뭇 낯선 것들을 발견한다. 도시에선 불리한 것이라고 생각했던 느리고 여리고 반짝이는 것들. 고향에 돌아온 지 3년 만에 내 안에 차오른 그것들이 만족스러워서 영원히 시골에서 살고 싶다는 소망이 피어오르기도 한다.

　물론 반대의 욕구가 치밀어 오르는 순간도 있다. 조조부터 심야까지 시간표가 빼곡한 영화관이 그리울 때 특히 그렇다. 내킬 때 언제든 걸어가서 영화를 볼 수 있었던 도시. 대학 시

절엔 혼자 모자를 눌러 쓰고 영화관에 가서 스크린을 보는 것
으로 마음을 달랬다. 하루에 한 편씩 7일 내내 영화를 보는 걸
로 번 돈을 다 쓸 때도 있었다. 배보다 마음이 고파서 그랬다.
그런 식의 위로가 마음만 먹으면 손쉬웠던 곳. 그 시절이 그
리울 땐 모자란 문화 시설에 대한 욕구가 갈증을 일으켜 가슴
한구석이 쩍쩍 갈라진다. 이대로 가다간 우물 안 신세를 면치
못할 것 같고 나 빼고 모두가 세련되고 멋진 세상에서 뒤처진
채 개구리 소리나 듣고 살 것만 같다. 당장이라도 더 넓은 세
상으로 나아가 예술적인 영감을 흠뻑 충전하고 싶다는 생각
이 든다. 영화든 미술이든 음악이든 무엇이든 여기보단 훨씬
더 가까울 도시에서. 그리고 또 역설적이게도 커뮤니티가 그
립다. 이끌어 가야 한다는 부담감 없이 새로운 사람을 만나고
싶다. 내가 원했던 모임이지만 내가 만들진 않아도 되는 모임
에서 나를 드러내고 취향을 공유하며 즐거운 시간을 만끽하
고 싶다. 노력하지 않아도 또래를 만날 수 있었던 무한한 기
회와 가능성이 그립다. 고향을 애정하면서도 영원을 약속하
긴 망설여지는 이유다.

그렇게 사적인 고민을 이어 가다가 질문의 어미를 바꿔 본
다. '언제까지 여기서 살 수 있을까?' 순간 고민은 선택이 아
닌 여지의 문제가 되어 더할 나위 없이 공적으로 전환된다.

청년들은 얼마나 지방에서 삶을 유지할 수 있을까? 그들을 계속 살게 하려면 어떻게 해야 할까? 어느 한 곳에 정착하고 살아가기를 결심하려면 많은 것을 고려해야 한다. 먹고사는 문제는 물론이고 인간이 욕망하는 모든 것들이 갈등과 걱정의 대상이 된다. 하지만 그런 고민을 하도록 이끌어 내는 것까지도 지난한 과정이 있다. 지방을 청년의 선택지에 끼워 넣는 것 자체가 어렵다는 말이다.

삶의 방향을 고민하기 시작한 어느 청년이 있다고 가정해 보자. 그 청년은 여러 가지 조건만 맞다면 원래 살던 곳을 떠나 새로운 곳에 정착하고 싶은 마음도 있다. 끌리는 곳을 발견하길 바라는 마음으로 이곳저곳을 들여다볼 것이다. 막연하게 대한민국 지도를 펼쳐 볼지도 모른다. 그러다 우연찮게도, 기적적인 확률로 경상남도 고성군이 눈에 띈다. 남쪽 끝자락에 위치한 곳. 기억하려 애쓴다면 학창 시절 한국지리 시간이 생각날 것이다. 공룡 발자국이 발견된 곳으로 외웠을 테다. 바로 옆에 위치한 통영시나 그 옆의 거제시까지는 여행지로 흔하게 들은 것도 같다. 그러다 고성군을 포털사이트 검색엔진에 타이핑해 본다. 강원도 고성과 경남 고성이 함께 화면에 뜬다. 경남 고성군이라고 검색어를 고치고, 결과물을 훑어본다. 그러고도 마음이 내킨다면 군청 누리집에도 들어가 볼 것이다. 정착할 청년들을 위한 정책과 혜택을 살펴본다. 어느 하나 마음에 쏙 드는 무언가를 발견하게 된다면 청년은 마침내 생각하게 될지도 모른다. "아, 고성에 살아 보고 싶다!" 이 수많은 과정을 거쳐야만 그 청년은 고성을 선택지에 두고 고민하게 된다. 대한민국에 존재하는 수많은 후보지를 제치고 경상남도 고성군에서 살고 싶다고. 나열하기만 해도 숨 가쁜 이 과정을 끌어내기 위한 키가 필요하다. 왜 하필 고성이어야 하냐는 것에 대한 대답이.

얼마 전 어느 대형 유튜버가 지방을 방문했다. 나와 여러 끼니를 함께한 유튜버였다. 그들의 영상을 켜 놓고 먹은 밥이 여러 번이라는 소리다. 나는 센스 있게 웃음을 주는 사람들이 부러웠고 선을 넘나들며 아슬아슬한 개그를 던지는 그들이 마음에 들었다. 그들이 경상도를 여행하는 콘텐츠를 제작하기 시작할 때는 더 마음이 갔다. 요즘 유튜버의 영향력은 웬만한 연예인 못지않았기 때문에 긍정적인 파급 효과를 기대했다. 길지 않은 영상이지만 화면 속 지역을 보고 '한 번 들러보고 싶다'고 생각하는 사람이 생기길 바랐다. 그리고 실제로 그랬을지도 모른다. 하지만 그들은 인구수 1만 5천여 명에 불과한 어느 지방을 방문했을 때 지나치게 솔직해져 버렸다. 그저 길거리를 몇십 분 둘러본 첫 인상만으로 지역을 판

단해 버린 그들은 금세 흥미를 잃고 말했다. '내가 공무원으로 여기 발령받아 오면...' 끝을 흐렸지만 생략한 말이 무엇인지는 쉽게 짐작할 수 있었다. 그들은 구경할 것도 없고 재미도 없는 그곳에 잠시간 머물며 자신들의 감상을 가감 없이 표현했다. 영상이 업로드 된 이후 대중의 반응은 싸늘했다. 지역 비하라며 숱한 뭇매를 맞은 그들은 결국 사과문을 올리고 영상을 삭제했다. 이후에는 그 지역의 홍보대사가 되어 오히려 지역을 홍보하면서 유례없이 훌륭한 방법으로 논란을 뒤집어 주목받기도 했다. 그 논란의 과정을 실시간으로 지켜 본 나는 그 청년들이 신중하진 못했을지언정 그저 지나치게 솔직했다고 생각했다. 씁쓸할 뿐이었다. 나의 고향 또한 저런 감상에서 자유로울 순 없을 것임을 알기 때문이다. 그리고 다시 다짐했다. 그들이 흐린 말의 끝을 다르게 완성 시키고야 말겠다고. 그러기 위해서 필요한 건 그리 거창한 건 아니라는 생각이 들었다. 이곳에 살러 온 청년 한 명이 먹은 마음만으로 꿈꿔 볼 수 있을 정도로.

　청년낭만살롱에는 고성에서 태어나고 자란 청년과 몸만 고성에 있는 청년, 이렇게 두 부류가 존재했다. 이곳에서 태어나고 자란 청년은 나처럼 토박이면서 성인이 되고 난 후에도 고향에서 자리 잡길 선택한 이들이었다. 반면에 몸만 고성에 있는 청년들은 다양한 이유로 당분간은 고성에 살 수밖에 없게 된 이들이다. 공무원이거나 공기업 직원이거나, 주로 직장 일로 고성에 발령받아 온 것이다. 그들은 틈만 나면 고성에서 벗어나길 꿈꿨다. 연고도 없이 덜컥 발령받아 와서 마음 붙일 곳 없이 무료한 일상을 견디는 일이 녹록지 않았을 것이다. 그들은 주로 일에 매진했고 취미 생활로는 운동을 즐겼다. 이 지역엔 운동 관련한 동호회는 활발한 편이었다. 하지만 일하거나 운동하는 일 외에는 다른 생활을 영위하기는 힘들었을 것이다. 그런 그들은 이 모임을 누구보다 반겼다. 청년낭만살롱은 그들의 일상에 색다른 선택지가 되었고 마음 붙일 사람, 만남, 취미를 찾는 계기가 되었을 테다. 그들도 어쩌면 처음엔 생각했을지도 모른다. 모두가 꺼리기 때문에 승진 점수까지 더 주어지는 지방에 발령받아서 자신의 젊음이 상실되어 가고 있는 것만 같다고. 저절로 놔두어도 없어지는 것이 젊음인데 누구와도 공유할 수 없는 채로 사라져 버리는 게 초조했을 것이다. 이 청년 커뮤니티는 초조함을 공유할 시간, 사람을 만날 기회를 만들어 주고 그럼으로써 위로와 안도를 나누는 계기가 되었다. 사람은 죽을 때까지 자란다는데 자라는 과정이 외롭고 지루하다면 연대가 필수적이다. 다른 사람과의 연대는 아무런 의미가 없는 것만 같은 일상에서도 내가 살아 있음을 확인시켜 주고 감동적인 순간을 만들어 준다. 그런 과정에서 그들의 감상이 조금이나마 바뀌었길 바란다. 흐린 말끝에 '그래도 의미 있는 시간을 보낸 곳이다.'는 맺음을 할 수 있도록.

이런 바람들이 꼬리를 물고 이어져 모임에는 다른 부류의 청년들이 더 생겨났다. 바로 인근 타 지역에 살고 있는 청년들이었다. 처음엔 한두 명 정도였던 이들이 점점 늘어나 시즌마다 많은 자리를 채웠다. 그들은 고성 근처에 살고 있다는 것 외엔 아무런 이유가 없었지만 오직 우리와 함께하기 위해 고성을 찾았다. 한 달에 한 번 정기적인 만남을 가졌고 지역은 다르지만 비슷한 고민을 공유했다. 참여하는 청년들의 폭이 넓어진다는 것은 함께하는 경험이 다채로워지는 것 이상의 의미를 내포했다. 지역에 관심을 갖고 정기적으로 방문하는 관계인구의 생성이라는 면에서 긍정적인 효과가 있었고 인근 지방 간의 느슨한 연대가 생겨났다. 통영에 사는 멤버가 많아진 우리는 어느 날 통영에서 제철 고등어 회를 먹으며 곁모임을 가졌다. 그날 우리는 느꼈다. 우리가 즐길 수 있는 지역이 이렇게나 넓다는 것을. 조금만 시선을 돌리고 발길을 옮기면 함께할 수 있는 일이 이렇게나 많다는 것을. 우리의 젊음은 결코 좁은 곳에 갇히고 고여 썩어 가고 있는 것이 아니라 이 넓은 땅에 스며들어 어디까지고 뻗어 가고 있다는 것을. 이곳에서 우리의 무대는 대한민국 어디에서보다 가장 넓을 수 있었다.

공적인 질문을 다시 던지고 싶다. '언제까지 여기서 살 수 있을까?' 그것에 대한 답은 '여기서 살아갈 만한 가치가 있을 때까지'라고 할 수 있다. 그 가치를, 지방이어야만 하는 이유를 한 명의 청년에 불과한 나는 이렇게 설명하고 싶다. 이곳에선 당신한텐 중요하지 않지만 남한테 중요해서 애써 좇아 가려던 것들을 더 이상 좇지 않아도 된다고. 당신에게 주어질 여유 속에서 내면의 목소리에 귀 기울이고 삶의 방향을 설정할 수 있다고. 그리고 그 과정이 외롭거나 무료하거나 힘들다면 기꺼이 당신을 환영하고 지지할 연대를 선물하겠다고. 그 역할을 당신과 다를 바 없는 우리가 할 테니 거리낌 없이 즐겁게 살아 보자고. 이 대답에 돌아오는 메아리는 크진 않지만 결코 없지 않다. 점점 넓어지는 우리의 무대, 우리와 함께하고자 찾아오는 다른 청년들이 그 증거다. 그 메아리가 곧 쩌렁쩌렁하게 울려 퍼지길 바라본다. 도시엔 없는 커다란 산이 우릴 둘러싸고 있으니까.

낭만은 소생되었나

어느 날엔 문득 내 지난날들이 참 소중하다는 생각이 들었다. 유난스럽게 힘들어했고 내가 세상에서 가장 서글픈 배역을 맡은 줄 알았던 20대였다. 날 살리는 유일한 방법이 글쓰기라고 생각했던 날들. 그날들이 왜 소중한가 하면 앞으로는 절대 오지 않을 시간임이 분명하기 때문이다. 지금 나는 웬만한 일엔 힘들다는 생각을 하질 않고 내가 세상에서 가장 서글플 리도 없다고 생각하며 날 살리기 위해 글쓰기에 매달리지도 않는다. 그래서 내가 참 소중한 시간을 지나왔다고, 소중한 것이 지나가 버렸다고 생각하는 것이다. 그리고 또 한편으론 덜컥 겁이 난다. 나는 앞으로 얼마나 많은 소중한 것들을 지난 뒤에야 소중하다고 생각하며 살아가게 될까. 그것은 나에게 독이 될까, 약이 될까.

그래서 지금 이 순간들이 궁금하다. 나는 나중에 어떻게 기억될 시간을 지나고 있는 것일까. 의식을 갖고 열정적으로 굴었던 빛나는 시절이었다고 기억할까, 아무리 애써 모으고 모아도 빗물이 되어 쏟아져 버리고야 말 뜬구름 같은 시절이었다고 회상할까. 긴 시간이 지나 봐야 알 수 있겠지만 한 가지 선명한 것이 있다. 분명히 발버둥을 쳤다는 것이다. 어쩔 수 없는 흐름이라고 내버려 두지 않고, 더 큰 힘을 가진 사람들의 몫이라고 외면하지 않고. 할 수 있는 노력을 모두 했다. 사라져 가는 지역을 고향으로 둔 청년 당사자로서 할 수 있는 최선을 다했다. 청년 감수성을 가진 주체라는 책임감을 가지려고 노력했다. 오히려 힘을 가진 사람들일수록 모를 수밖에 없는 가치들을 지키려고 애썼다. 소멸하는 것이 정해진 일일지언정 살다 간 흔적이라도 남기기 위해 기록했다. 이 정도면 후에 이 시절이 어떤 색으로 연상되든 아주 선명하고 촉촉하며 바로 어제였던 듯 냄새마저 풍기게 될 것이다. 열심히 덧바른 젊음과 낭만과 추억의 냄새를.

낭만이라는 단어는 흩어지는 물결이라는 한자를 가진다. 그 말이 그려 내는 가녀린 모양이 청년 자체를 묘사하는 것 같아 마음이 아팠다. 어떤 이유로든 지방에 살기 위해 왔을 것이다. 그 결심은 단단했을 테지만 마음 둘 곳이 없어 사소한 바람에도 부서지며 흩어져 버릴지 모른다. 그런 그들의 고

독을 조금이라도 나눠지고 이 지역에서의 즐거운 기억을 심고 연대의 안정감을 느끼게 하고 싶었다. 물론 눈에 보이지 않고 수치로도 나타낼 수 없는 것을 위해 노력하기는 쉬운 일이 아니었다. 나아가는 방향이 옳다고 말해 주는 증거를 찾을 수가 없어 수없이 흔들리기도 했다. 왔다가 떠나가는 청년들을 보면 그게 그동안 해 온 노력에 대한 부정인 것만 같아 슬프고 괴로웠다. 하지만 울음을 달래 주는 다른 물결들이 있었다. 자신도 금방이라도 흩어져 버릴 것처럼 연약하면서 내 쪽으로 흘러와 안아 주는 청년들이 있었다. 그런 그들을 보며 다시 생각했다. 나 혼자만의 시절이 아니고, 나만 잘되길 바라는 지역이 아니고, 나 혼자서 흘러가는 길도 아니라고.

얼마 전 경이로운 소생을 목격했다. 소멸된 줄로만 알았던 나의 애틋한 장면이 소생되고 있는 현장이었다. 나와 수많은 아이들이 푸른 산을 배경으로 기타를 치고 노래를 부르고 꿈을 찾고 씨앗을 심었던 중학교. 그런 귀한 서사에도 불구하고 폐교되고야 말았던 그 중학교. 그곳이 청년예술촌이라는 이름으로 되살아났다. 소식을 듣고 해가 다 지고서야 방문했을 때 컴컴한 어둠 속에서도 교문에서부터 가슴이 벅찼다. 차를 세운 곳엔 낯익은 소나무가 한 그루 서 있었다. 15년 전 모여 앉아 기타를 치며 〈너에게 난, 나에게 넌〉을 불렀던 파고라는 없어졌지만, 손때 묻었던 많은 흔적이 사라졌지만 여전한 존재가 있다는 사실에 코끝이 시렸다. 체육 시간이 되면 뛰어 내려갔던 돌계단도 그대로, 졸업식날 은사님과 눈물의 이별을 했던 뒤뜰도 그대로. 그리고 그곳에 새롭게 자리 잡은 청년 예술인의 작품들. 창문 하나하나에, 바닥 마루 하나하나에 어느 청년의 예술성과 애틋함이 함께 녹아 있었다. 또다시 청년 주체의 노력이었다. 예술을 사랑하고 지역을 사랑하는 청년들이 군과 함께 만들어 낸 결과였다. 그들에게 고맙고 또 고마웠다. 소멸만 원통해하느라 모르고 있었던 소생의 기쁨. 되살아났기에 더 소중한 새 생명, 새 숨결, 그때의 기억들. 그리고 그것들은 나에게 어떤 신호처럼 다가왔다. 여전히 세상의 나쁜 모든 것들로부터 이곳을 구해 줄 것처럼 커다랗고 웅장한 산세와 풀과 나무들. 소멸하면 끝이라고 생각했는데 파도에 쓸려 가지 않는 바위처럼 오히려 경이로워지는 존재가 있다. 그런 존재가 이 지역에 남아 있는 한 못 할 것도 없다. 우리가, 우리의 이야기가, 우리가 사랑하는 이곳이 죽지 않고 살아남는 것.

이 책이 파도에도 쓸려 가지 않는 바위가 되길 바라며 긴 이야기를 마무리 짓는다. '그래서 지방은 소생되었나?' 아니, 그렇다고 할 수 없다. 하지만 '낭만은 소생되었나?' 이 책을 읽고 있는 당신이, 이 시대를 살아가고 있는 물결들이, 나와 함께 숨 쉬고 있는 동료들이 대신 답할 수 있게 되길 바란다. 우리가 여기 살아 있으므로 낭만은 죽은 적이 없다고.

하필 낭만을 선택한 우리에게

지방에서 청년은 사라질까, 살아질까

1판 1쇄 펴낸날 2025년 3월 31일

지은이 류주연

책만듦이 김미정
책꾸밈이 디자인나울

펴낸곳 채륜 **펴낸이** 서채윤
신고 2007년 6월 25일(제2009-11호)
주소 서울시 광진구 자양로 214, 2층(구의동)
대표전화 02.465.4650 **팩스** 02.6442.9442
book@chaeryun.com   www.chaeryun.com

책값은 뒤표지에 있습니다.
ISBN 979-11-90131-19-3 03810